AF580576

FP

उलार

नयनराज पाण्डे

फाइनप्रिन्ट बुक्स
फाइनप्रिन्ट प्रा. लि.
कर्पोरेट तथा सम्पादकीय कार्यालय
विशाल बस्ती 'क', विशालनगर, काठमाडौं
पोस्ट बक्स : १९०४१
फोन : + ९७७ - १ - ४४४३२६३
इमेल : fineprintbooks@fineprint.com.np
वेबसाइट : www.fineprint.com.np

फाइनप्रिन्टद्वारा प्रथम पटक प्रकाशित, २०६५

ISBN: 978-9937-746-24-3 **(HB)**
ISBN: 978-9937-746-23-6 **(PB)**

ULAAR BY NAYANRAJ PANDEY

उलार : तराईतिर टाँगा वा गाडामा पछाडितिर मात्र बोझ एकत्रित भएर सन्तुलन नमिल्ने, बिग्रने प्रक्रियालाई स्थानीय भाषामा 'उलार' भन्ने गरिन्छ । कतैकतै 'उनार', 'उल्लर', 'उनर' भनेको पनि सुनिन्छ ।

नयनराज पाण्डे अग्रणी आख्यानकारमा पर्छन् । समकालीन नेपाली आख्यानमा उनले यथार्थबोधको नयाँ आयाम खडा गरेका छन् । उनका *जियरा* (२०७७) लगायत चार कथासङ्ग्रह, *यार* नामक संस्मरणात्मक कृति र सात उपन्यास प्रकाशित छन् । *उलार, लू, घामकिरी, सल्लीपिर* उनका चर्चित उपन्यास हुन् ।

निशान्त, नीलाभ,
र उलारका प्रथम पाठक पुरूषोत्तम
सुवेदीज्यूलाई ।

प्रेमलाल र द्रौपदीलाई ।

प्रेमललवा, के तिमीले *उलार* पढ्यौ ?

(यो आलेख *उलार*को बीसवर्षे संस्करणमा प्रकाशित छ । अहिले उलार प्रकाशित भएको पच्चीस वर्ष भइसकेछ । समयसँगै प्रेमललवा र द्रौपदीहरूका दुःखका गाथाहरू फेरिनुपर्ने हो । तर सबै त उस्तै छ । मैले यो नयाँ पच्चीसवर्षे संस्करणका लागि नयाँ भूमिका थपेर के हुन्छ ? त्यसैले बीसवर्षे संस्करणको यो आलेख फेरि जस्ताको तस्तै प्रस्तुत गरिएको छ ।)

पुस या माघको जाडोले लगलग काँपिरहेको कुनै बिहान थियो त्यो । बाक्लो कुहिरोले काठमाडौंलाई पूरै धमिलो बनाएको थियो । सहरभरिका मान्छेका हात न्यानोको खोजीमा ज्याकेट या पाइन्टको खल्तीभित्र सर्पझैं लुसुक्क लुकेका थिए । हरेकका मुखबाट बाफ निस्किरहेका थिए । लाग्थ्यो, हरेक मान्छे आफूभित्र चिलिम लुकाएर हिंडिरहेछ ।

कुहिरोमा भिजेको त्यस्तो ओसिलो बिहानमा कामविशेषले म सुन्धारा पुगेको थिएँ । भविष्यमा पानी नभएर पूरै सुक्ने सम्भावनासहित सुन्धाराका केही रून्चे धाराबाट पानी हो या आँसु, सकिनसकी झरिरहेको थियो । बीस वर्षपछि आउने महाभूकम्पमा गल्र्यामगुर्लम ढलेर नामेट हुनेछु भन्ने बोध नभएर एकदमै दम्भसाथ उभिएको धरहरालाई ढाडतिर पारेर उभिएको थिएँ म । टुँडिखेलमा कवाज खेलिरहेका सैनिक

जवानको दृश्यलाई कुहिरोले अर्ध अमूर्त पेन्टिङ जस्तो बनाइदिएको थियो । मेरै छेउबाट लगातार एउटै तालमा जोडजोडले बडेमानका ढोल जस्ता धिमे बाजा बजाउँदै भादगाउँले टोपी लगाएका नेवार युवाको एउटा बाक्लो समूह कुनै जात्रामा भाग लिन जुद्धसडकको बाटो समात्दै थियो । एउटै उमेरका दुइटा किशोर समाचारको शीर्षक भट्याउँदै दैनिक पत्रिका बेचिरहेका थिए । चिया बेच्ने तीन या चार अस्थायी पसलमा चियाको पालो पर्खिरहेका र स्टोभको न्यानो लिइरहेकाहरूको भीड थियो । कतिले संसारको सबैभन्दा स्वादिलो परिकारझैं चियामा पफ या दुनोट चोबेर खाइरहेका थिए । केही टोयोटा र मारूती ट्याक्सी र कालो डल्ले टेम्पोको ओहोरदोहोर चलिरहेको थियो । केही अघि आएका नीलो रङका साझा बसको डिकीबाट खलाँसीहरूले चिठीपत्रले भरिएका खैरो रङका डाक बोराहरू निकालेर हुलाकतिर लैजाँदै थिए ।

जाडो भए पनि काठमाडौंको गतिशीलता कायम थियो र प्रत्येक मिनेट त्यो गतिशीलता बढिरहेको थियो ।

त्यही बेला हुलाक भवनअगाडि साझाको रात्रिबस कतैबाट आएर रोकियो । यो उसको अन्तिम बिसौनी थियो । बसबाट रातभरिको अनिदोले ओइलिएका यात्रु बासी अनुहार लिएर ओर्लिन थाले । सायद तराईको कुनै जिल्लाबाट आएको थियो, त्यो बस । त्यही बसबाट ओर्लियो दुःखी, पीडित र उपेक्षित जस्तो देखिने एक जना दुब्लोपातलो मधेसी युवक पनि । पातलो अँगौछालाई गलबन्दी बनाएर कान छोपिने गरी टाउको र गर्दनमा फनफनी बेरेको थियो उसले । दुवै कुइनातिर उध्रिएको टू प्लाई ऊनको पातलो

स्वेटरले उसले काठमाडौंको जाडो छल्ने दुष्प्रयास गरिरहेको थियो । कुममा सानो थोत्रो झोला भिरेको थियो । ऊ एकछिन अलमलियो । धरहरातिर हेरेर तर्सियो पनि सायद । हत्केलाले पालैपालो आँखा मल्यो र रातभरिको निद्रालाई धपायो ।

ऊ अलि पर चिया पसलनेर गएर उभियो । चिया पसलमा दूध उम्लिँदै थियो । दूध ह्वात्त उम्लियो र पोखियो, अलिकति । पसले सिसाका गिलास पखालिरहेकी आफ्नी स्वास्नीसित झोक्कियो पनि । त्यस्तै बेला त्यो युवकले पसलेसित आफू पुग्नुपर्ने ठाउँ कता पर्छ भनेर सोध्यो, टुटेफुटेको नेपाली भाषामा । पसले रिसाएको थियो, उसले आफ्नो गुप्ताङ्गतिर देखाउँदै युवकलाई भन्यो, 'यीः यहाँ पर्छ, मुला मर्स्या ।'

त्यो दृश्यपछि एकाएक मलाई नेपालगन्जको सम्झना भयो । सोचें, त्यो युवक मेरो नेपालगन्जतिरको हुनुपर्छ । कुनै बाध्यताले काठमाडौं आएको होला । किनकि काठमाडौंमा गरिब मधेसी कि त सर्वोच्च अदालतसम्म पुगेको आफ्नो कुनै पुरानो मुद्दाको तारिखका लागि आउँछ कि त आफ्नो निर्वाचन क्षेत्रका विजयी सांसदसित कुनै सहयोगको आशामा आउँछ । मधेसको मान्छे खुसीखुसी काठमाडौं आउने वातावरण त आजसम्म पनि तयार भएकै छैन ।

अझ सोचें, त्यो दृश्यलाई कथाको विषय बनाउँदा कस्तो होला ? केही दिन त्यही दृश्यमा मेरो मन एकोहोरियो पनि । स्मृतिमा रहेका र अभिव्यक्त हुन नसकेका मेरा चरित्रले साह्रो दुःख दिन थाले । त्यसपछि मेरो स्मृतिमा आए, प्रेमललवा, द्रौपदी, कलुवा र ननकउहरू । अझ पछि

मेरो स्मृतिमा हस्तक्षेप गर्न आए, राजेन्द्रराज, शान्तिराजा र शिलाबाबुहरू । अनि उलारले आकार लियो ।

उलारका पात्र र परिवेश निर्माण गर्न मेरा लागि सहज थियो । किनभने सबै पात्रहरू मैले देखिरहेकै, चिनिरहेकै थिए । परिवेश त झन् मैले मेरो बाल्यकालदेखि देखेकै, खेलेकै ठाउँ थियो ।

नेपालगन्जको सुर्खेतरोडमा हाम्रो घर थियो । हाम्रो घरको ठीकविपरीत एउटा टाँगावालाको छाप्रो थियो । उलार लेख्दाताका नै त्यो छाप्रो त्यहाँबाट हटिसकेको थियो । किनभने सहरीकरणको क्रम तीव्र भइसकेको थियो र छाप्रामा बस्नेहरू सहरको संरचनाभित्र नअटाउने भइसकेका थिए । विस्थापित हुनु तिनको नियति बनिसकेको थियो । टाँगावालको छाप्रो भएको ठाउँमा अहिले कुनै राष्ट्रिय पार्टीको कार्यालय छ क्यार ! जेहोस्, त्यो छाप्रो रामलाल नाम गरेको असमयमै एकदम बूढो देखिएको टाँगावालको थियो । रामलालकी छोरी आशा मेरी बालसखा थिई । त्यसैले म रामलालको छाप्रोमा जानेआउने गरिरहन्थें । उलारमा मैले प्रेमललवाको छाप्रोभित्रको डिटेलिङ त्यहीँबाट उतारेको हुँ । मलाई अहिले पनि त्यो छाप्रोको कुन कुनामा के कुरा थियो भन्ने थाहा छ । तर वर्षौं भयो, मैले रामलाल र उसकी छोरी आशालाई नदेखेको । रामलाल त अब जीवित पनि छैन जस्तो लाग्छ किनभने पैंतीसचालीस वर्षअघि नै ऊ एकदमै वृद्ध र जर्जर देखिन्थ्यो ।

प्रेमललवा एउटा व्यक्तिबाट बनेको चरित्र होइन । म कसैलाई पनि प्रेमललवा ऊ त्यही हो भनेर चिनाउन

सक्दिनँ । तर अहिले पनि तपाईं नेपालगन्ज जानुभयो भने प्रेमललवा जस्ता पात्र टाँगा चलाइरहेकै भेटिनेछन् ।

त्यस्तै उलारमा चित्रित द्रौपदीको घर त्यहीँ उल्लेख भएअनुसार गगनगन्ज भएर भित्र पस्नुपर्ने भगवान् तलाउ भन्ने ठाउँमै थियो । लगभग उलार लेख्दाताका नै त्यहाँ बस्ने वादी जातिहरूलाई स्थानीय व्यक्ति र प्रशासनले धपाइसकेका थिए । भगवान् तलाउको एरिया हाम्रा लागि बर्जित ठाउँ जस्तै थियो । हामी सकेसम्म त्यो बाटो हिँड्दैनथ्यौं । तर कहिलेकाहीँ फुल्टेक्रातिर जानुपर्‍यो भने त्यही बाटो छोटो पर्थ्यो र हामी लाज मान्दै र टाउको निहुराउँदै हिँड्थ्यौं । बस्, त्यही क्रममा मैले त्यतै कतै देखेको हुँ, द्रौपदी जस्तो चरित्रलाई । उनीहरू त्यहाँ देहव्यापार गर्थे । भद्दा मेकअप गरेर ढोकाको सँघारमा बस्थे र ग्राहक पर्खन्थे । उनीहरूका घरका आँगनमै द्रौपदीका लाचार दाजुहरू, रोगी आमाहरू वा बूढा बाउहरू पकौडा तारिरहेका देखिन्थे । द्रौपदीलाई सस्तोमा भोग्न लाइन लागेका ग्राहक टाइमपास गर्न त्यहीँ पकौडी या एक पोटी लसुनको सितनसित भट्टीटोलको फोहोर डिस्टिलरीमा बनेको दारू खान्थे । आफ्नो पालो आएपछि खाँदाखाँदैको पकौडी र दारू छाडेर भित्र पस्थे र पाँचसात मिनेटमा पाइन्टको फस्नर या टाँक लगाउँदै निस्कन्थे । हतारहतार बाँकी दारू र पकौडी रित्याएर त्यहाँबाट बेपत्ता हुन्थे ।

कहिलेकाहीँ म त्यस्ता द्रौपदीको समूहलाई लक्ष्मी चित्र मन्दिर नामक त्यहाँको पुरानो र थोत्रो सिनेमा हलमा देख्थें । उनीहरू थर्डक्लासमा बसेर सिनेमा हेरिरहेका हुन्थे ।

हलमा प्रायःजसो बत्ती निभिरहन्थ्यो र त्यही मौका छोपेर केही आवारा केटा उनीहरूलाई समात्न पुगिहाल्थे । होहल्ला हुन्थ्यो । झैझगडा हुन्थ्यो । द्रौपदीहरू मिलेर कहिलेकाहीँ आवारा प्रेमीहरूलाई भुत्ल्याउँथे पनि । त्यतिखेरै मैले बुझें, वेश्याले पनि सम्मान चाहन्छे, इज्जत चाहन्छे । ऊ ठाउँ, कुठाउँ बेइज्जत हुन चाहन्न ।

उलारमा राजेन्द्रराज शर्मा, शान्तिराजा र शिलाबाबु प्रत्यक्ष चिन्न सकिने पात्र हुन् । त्यस भेगका पाठकले चिनेका पनि छन् । तर बाँकी पात्र धेरै चरित्र मिलेर बनेका हुन् । प्रेमलाल हाम्रो घरमा बेलाबेला घरायसी काम सघाउन आउने हसनु चिडिमारको छोराको नाम हो । केही वर्ष अघिसम्म त्यसले रिक्सा चलाउँथ्यो । अहिले के गर्छ, थाहा छैन । रामलाल भन्ने टाँगावाल र प्रेमलाल भन्ने रिक्सावालको चरित्र र जीवनशैलीलाई एक ठाउँमा गाभेपछि प्रेमललवा तयार भएको हो ।

उलारमा सबै नारी चरित्रका नाम पौराणिक ग्रन्थका शक्तिशाली नारी चरित्रबाट उद्धृत गरेको हुँ । द्रौपदी, सीता, कुन्ती, अहिल्या । म चाहन्थें, उनीहरूको वजनदार नाम र उनीहरूले भोगिरहेको हलुङ्गो र दरिद्र जीवन मिलेर एउटा विरोधाभासपूर्ण परिवेश निर्माण होस् । त्यसपछि सबैले सोचून्, के त्यस्ताको मनमा पनि प्रेमभाव हुन्छ ? के त्यस्तालाई पनि कसैले प्रेम गर्न सक्छ ? अरूले के गर्छ, थाहा छैन तर मेरो प्रेमललवाले भने द्रौपदीलाई प्रेम गऱ्यो र आफ्नो प्रेमलाई सार्थक परिणतिमा पुऱ्याउने हिम्मत गऱ्यो ।

***

धेरैले सोध्छन्, उलार लेख्न कति महिना लाग्यो ?

पहिला भएको भए म यसको स्पष्ट उत्तर दिन हिचकिचाउँथें । किनभने उपन्यास लेख्न र पुनर्लेखनका लागि प्रशस्त समय लगाउनुपर्छ भन्ने मान्यता स्थापित भइसकेको समयमा एउटा उपन्यास एकदमै कम समयमा लेखेको हो भन्यो भने उपन्यासलाई गम्भीर रूपले नलेलान् भन्ने मलाई लाग्थ्यो । तर त्यो डर अब ममा छैन । फेरि प्रशस्त समय लगाएर लेखिएका रचना सबै सशक्त हुन्छन् र थोरै समयमा लेखिएका रचना सबै कमजोर हुन्छन् भन्ने पनि छैन । कलम समाएर वा किबोर्ड थिचेर लेख्न बस्नु एउटा स्थूल कार्य हो । तर सिर्जनाका लागि आवश्यक पर्ने चरित्र, परिवेश र घटनाक्रम त लेखकको मस्तिष्कमा वर्षौंदेखि अङ्कित भइरहेकै हुन सक्छन् । उलारका चरित्र, परिवेश र घटनाक्रम मैले रातारात निर्माण गरेको होइन । ती मैले कलम चलाउनुअघि नै आफ्नो अनुहार र नियतिसहित निर्मित भइसकेका थिए । मैले तिनलाई शब्दमा बयान मात्रै गरिदिएको हुँ ।

त्यसैले अहिले म भन्छु, उलार लेख्न मलाई जम्मा चार दिन लाग्यो ।

उलार मैले सुन्धारामा आफ्नै आँखाअगाडि हप्काइएको मधेसी युवकको लत्रिएको अनुहारले लगातार मेरो मथिङ्गललाई प्रहार गरिरहेकै झमट र झोकमा चारपाँच सिटिङमा र लगभग एउटै मुडमा लेखेको हुँ । उलारको कथानकको आन्तरिक विस्तार उपन्यासकै भए पनि बाह्य विस्तार एउटा लामो कथा जस्तै भएकाले एउटै मुडमा

लेख्न सजिलो पनि भयो । लेखिसकेपछि मैले त्यसमा परिमार्जन वा पुनर्लेखन गरिनँ । कथामा मैले त्यतिन्जेल प्रायः पहिलो लेखनलाई नै सोझै प्रकाशनका लागि दिने गर्थें । पुनर्लेखन गर्ने बानी थिएन । पुनर्लेखनपछि रचनालाई अझ परिष्कृत गर्न सक्छु भन्ने आत्मविश्वास पनि थिएन ।

लेखिसकेर मैले सबैभन्दा पहिला दाइ पुस्ताका समालोचक तर आत्मीय मित्र नै भइसक्नुभएका पुरूषोत्तम सुवेदीलाई पढ्न दिएँ । त्यसपछि मैले कवि श्यामललाई पढ्न दिएँ । दुवैले निकै तारिफ गर्नुभयो । त्यसपछि त मलाई पनि ठिकै लेखेछु भन्ने लाग्यो ।

अर्को रमाइलो के भने, मैले उपन्यासको पहिलो अध्याय आरम्भ गर्नुअघि नै यसको शीर्षक सोचिसकेको थिएँ । कथा लेख्दा पनि म प्रायः शीर्षक पहिले नै राख्ने गर्छु । त्यही बानी उलारको हकमा पनि लागू भएको हुन सक्छ । त्यसको अर्को कारण पनि हुन सक्छ, उपन्यास सुरू गर्दा नै मैले त्यसको समाप्ति कहाँनेर गर्दै छु भन्ने कुरामा म प्रस्ट भइसकेको थिएँ । त्यसैले म स्पष्ट थिएँ, मैले चिन्तनहीन राजनीतिले असन्तुलित बनाइएको आममानिसको जीवनकथा लेख्दै छु र त्यसका लागि उलार सबैभन्दा उपयुक्त शीर्षक हुन्छ ।

मैले एउटा पातलो डायरीमा उलार लेखेको थिएँ । त्यसलाई मैले साफी पनि गरिनँ । लेखनक्रममै केही सामान्य केरमेट गरें हुँला, त्यत्ति हो । त्यही डायरी मैले तन्नेरी द्वैमासिक पत्रिकाको कुनै अङ्कमा उलार छाप्ने सहमति भएपछि त्यसका प्रकाशक विदुर गौतमलाई दिएको थिएँ ।

उपन्यास प्रकाशनका लागि लाग्ने खर्च कम गर्न पत्रिकाकै सामग्रीलाई पाँच सय प्रति बढी छाप्ने र त्यसैलाई आवरण र भूमिका थपेर किताबका रूपमा छाप्ने योजना थियो । नेपालगन्जको परिवेशलाई नजिकबाट बुझेका र मेरा असाध्यै प्रिय लेखक पनि भएकाले मैले भूमिकाको जिम्मा श्यामललाई दिएँ । उहाँले भूमिका पनि लेखिदिनुभयो । तर आर्थिक अभावले तन्नेरीमा प्रकाशित भएपछि समयमा त्यसलाई किताबी रूप दिन सकिएन र अन्ततः त्यसको प्लेट पनि हरायो । भूमिका पनि हरायो । त्यसपछि त्यसलाई किताबी रूपमा सार्वजनिक गर्न जाँगर चलेन ।

झन्डै दुई वर्षपछि २०५५ सालमा फेरि छपाइको चाँजोपाँजो मिल्यो । तर यस पटक त्यसलाई लेटरप्रेसमा छाप्ने निर्णय गरियो । पाँच सय पेपर ब्याक संस्करण र पाँच सय हार्डकभर निकाल्न तेह्र हजार लाग्ने भयो । भर्खर कुनै चालू सिनेमाको पटकथा लेखेर केही पैसा पाएको थिएँ । श्यामलले दोहोर्‍याएर भूमिका लेखिदिनुभयो । न्युरोडबाट रञ्जना हल पस्ने बाटोको दाहिनेतिर रहेको पन्जाबी रेस्टुरेन्ट एन्ड बारको माथिल्लो तलाको अँध्यारो क्याबिनमा चिसो बियर पिउँदै उहाँले चारपाँच घन्टामा उलारको पहिलो पुस्तकाकार संस्करणको सानदार आवरण पनि तयार गरिदिनुभयो ।

उलार छापियो । केही पुस्तक पसललाई बिक्रीका लागि दिएर र केही साथीभाइलाई बाँडेर पनि एक हजार प्रति उलार सिध्याउन पाँचसात वर्ष लाग्यो । पढ्नेले राम्रो छ भन्नुभयो । तेह्र हजार लगानी फिर्ता आएन । पाएको प्रशंसालाई नै फाइदाका रूपमा लिएँ र सन्तुष्ट भएँ ।

बिस्तारै प्रेमललवा, कलुवा र द्रौपदीहरूसितै गुमनाम भयो उलार ।

प्रिय लेखक बुद्धिसागरको सिफारिसमा अर्का प्रिय मित्र यज्ञशले *उलार* नपढेको भए गुमनाम भइसकेको *उलार*ले फेरि प्रकाशित हुने अवसर पाउने थिएन । उलार पढेपछि यज्ञश प्रभावित भए र त्यसपछि उनैले फाइनप्रिन्टका अजित बराल र नीरज भारीसित यसको पुनर्मुद्रणका लागि सिफारिस गरिदिए ।

यसरी पहिलोपल्ट छापिएको झन्डै एक दशकपछि आदरणीय दुर्गा बराल दाइको भव्य आवरण कलामा सजिएर फाइनप्रिन्टबाट यसले फेरि छापिने मौका पायो । र आमपाठकको ध्यान बल्ल उलारमा गयो । तर आज बीस वर्षसम्म पनि उलारको समालोचना र समीक्षा एकदमै थोरै छापिएको छ । यसले जेजति प्रशंसा र चर्चा पायो, प्रिय पाठकहरूबाटै पायो । जजसले पढे, उनीहरूले अरूलाई पढ्ने सल्लाह दिए । यसरी पाठक र *उलार*बीच एउटा पुल निर्माण भएको छ आज । यो सम्बन्धको सेतु नै भयो फाइनप्रिन्ट । त्यसैले आदरणीय दुर्गा बराल, पुरूषोत्तम सुवेदी, श्यामल, विदुर गौतम, बुद्धिसागर, यज्ञश, सन्तोष शर्मासँगै फाइनप्रिन्टका हर्ताकर्ता नीरज भारी र अजित बराललाई आज असाध्यै धन्यवाद भन्न मन लागेको छ ।

धन्यवाद त मलाई बीस वर्षअघि सुन्धारामा साझाको नीलो बसबाट ओर्लिने त्यो अज्ञात मधेसी युवकलाई पनि दिन मन लागेको छ, जसको त्यति बेला तिरस्कारले बेरङ भएको अनुहारको त्यो रङ आजसम्म पनि उलारका श्यामश्वेत पानामा सलबलाइरहेको छ ।

यी सबै कुरा आज सम्झँदा अनौठो लागेको छ । तर दुःख एउटै कुराको छ, मैले जसका दुःख, नियति र सङ्घर्षलाई लेखें, तिनै प्रेमललवा र द्रौपदीहरूले उलार पढ्न भ्याएका छैनन् । दिशाहीन राजनीतिले उनीहरूको जीवनलाई अझै पनि दुरूह र असन्तुलित बनाइरहेकै छ । उनीहरूको जीवनरूपी टाँगा अझै उलारकै स्थितिमा छ । यो उलार अर्थात् असन्तुलनसितको उनीहरूको सङ्घर्ष अहिले पनि जारी छ ।

बीस वर्ष भएछ, उलारमा प्रेमललवा र द्रौपदीहरू चरित्र बनेर आएका । आज बीस वर्षपछि पनि उनीहरू फुर्सदमा छैनन् र आफ्नै जीवनकथालाई पढ्न भ्याइरहेका छैनन् । उलारका हरेक संस्करण छाम्दा मेरो मन त्यसैले अलिअलि दुखिरहेकै हुन्छ । आज सङ्घीय र गणतान्त्रिक नेपालको संविधान आउँदै गर्दा मैले यी पङ्क्ति लेखिरहेको छु र मेरो मन अझै दुख्न छाडेको छैन । प्रेमललवाहरूको टाँगा उलार हुन छाडेको दिन मेरो यो दुखाइ निको हुनेछ ।

आउला नि त्यो दिन, कुनै दिन । त्यही दिन म प्रेमललवालाई सोध्नेछु, 'प्रेमललवा, के तिमीले उलार पढ्यौ ?'

– नयनराज पाण्ड

सीमान्त तहका जनताको सङ्घर्ष कथा

यस उपन्यासको भूमिका, चलनचल्तीअनुरूप, समीक्षकहरूबाट लेखिनु असल हुँदो हो । कृष्णचन्द्रसिंह प्रधान, इन्द्रबहादुर राई, तारानाथ शर्मा, मोहनराज शर्मा वा उपन्यासकै फाँटमा पदचिह्न छाडेका गोठाले, विजय मल्ल वा ध्रुवचन्द्र यसका निम्ति उपयुक्त पात्र हुँदा हुन् । पश्चिमकै जानकारमा पनि विख्यात आख्यानकार भाउपन्थी छँदै छन् र नयनकै एक किलोमिटर दूरीभित्र सनत रेग्मी उपलब्ध छन् । तर उपन्यासको पूर्वपीठ लेख्न नयनले मेरो चयन किन गरे भन्ने कुरा मैले बुझ्न सकेको छैन । मैले त्यस प्रश्नको उत्तर खोजेको पनि छैन । नयनले मलाई मौलोमा लगेका छन् । र म स्वयम् बाँधिन राजी भएको छु ।

कुनै राम्रो कलाकृति प्रकाशन नेपाली सांस्कृतिक जगत्मा नौलो र उल्लेखनीय घटनाका रूपमा लिइएको पाइँदैन । त्यसले पाठकसँग तत्काल संवाद स्थापना गर्न पनि पाउँदैन र सत्तावृत्तबाट अनावरण नभएसम्म हाम्रो सञ्चार प्रणालीले उल्लेख पनि गर्दैन । यस्तो स्थितिमा *उलार* जस्तो लघु उपन्यास पत्रिकामा सेरियलाइज्ड गरिए पनि चर्चामा नआउनु स्वाभाविक मान्नुपर्छ । हाम्रो प्रजातन्त्रकालीन सञ्चार प्रणालीले पञ्चायतकालीन निरङ्कुश सञ्चार प्रणालीको

चरित्रलाई निरन्तरता दिइरहेसम्म स्वस्थ संवाद र बहसको परम्परा सुरू गर्नु साहसिक काम हुन सक्छ ।

यो लघु उपन्यासको प्रकाशन नेपाली उपन्यास फाँटको एक महत्त्वपूर्ण घटना हो । नयाँ र पृथक् बन्ने मोहमा विसङ्गतिवाद वा शून्यवादका सूत्रहरूमा उनिएका र अवाञ्छित बौद्धिकताको चापले गर्दा सम्प्रेषण क्षमता गुमाएका नेपाली उपन्यासकारहरूको पङ्क्तिमा तर बेग्लै विशेषता लिएर यो उपन्यास देखा परेको छ । नयनले अरूले ग्रहण गर्न नरूचाएको वा कमैले मात्र रूचाएको विषयलाई निष्ठापूर्वक ग्रहण गरेका छन् । २०४६ सालको जनआन्दोलनपछिको राजनीति र सीमान्त तहका जनताबीचको दूरीलाई उनले चित्रात्मक शैलीमा प्रस्तुत गरेका छन् ।

यो लघु उपन्यास मैले एकडेढ घन्टामै पढिसिध्याएको थिएँ । यसको कथ्य र संवादले आदिदेखि अन्त्यसम्म मलाई तानिरह्यो । यसका जीवन्त पात्रहरूले मलाई मेरो जीवनको एक अत्यन्त उर्वर र भयावह कालखण्डतिर फर्काएका थिए । उपन्यास पठन अवधिभर म प्रेमललवा, द्रौपदी, ननकउ र कलुवाको एक ठूलो वर्ग शान्तिराजाहरूको जुत्ताको तलुवामुनि कष्टपूर्वक बाँचिरहेको सहर पुगेको थिएँ । मैले प्रेमललवा, द्रौपदी र ननकउमा जीवित मानवीय संवेदनालाई अत्यन्त नजिकबाट अनुभव गरेको छु । राजेन्द्रराज, शिलाबाबु र शान्तिराजाको राजनीतिलाई मैले पनि बुझेको छु । ससाना असहमतिलाई साम्प्रदायिक रङ दिएर आमजनतालाई हत्या र हिंसामा होम्ने स्थानीय सामन्तहरूको स्वार्थलाई मैले पनि महसुस गरेको छु । जनताको जिउधनको सुरक्षाको पहरेदार प्रहरी इन्स्पेक्टर

विष्णुहरूले द्रौपदीको शरीर गिजोलेको मैले आफ्नै आँखाले देखेको छु । तर नयनले हामी कतिपयले उपेक्षा गरेका ती यथार्थलाई अत्यन्त नजिक पुगेर आत्मसात् गरेका छन् र कुशलतापूर्वक पुनः रचनासमेत गरिदिएका छन् ।

वास्तवमा यस उपन्यासले जनआन्दोलनपछिको नेपालको राष्ट्रिय राजनीतिको कुरूपता राम्रै गरी उदाङ्गो पारिदिएको छ । प्रेमललवा जस्ता जनताको सपना कुल्चेको छ, आजको राजनीतिले । हुन त यस उपन्यासमा प्रयुक्त शब्दावली र संवादलाई आधार मानेर कति शास्त्रीय बुझक्कडहरूले यसलाई आञ्चलिक भन्न पनि सक्लान् । प्रेमललवा, द्रौपदी र ननकउबीचका जीवन्त संवादहरूलाई अश्लील भन्नेहरू पनि देखिएलान् । साहित्यमा राजनीतिलाई यसरी ल्याउँदा कतिपयलाई नरूच्ला पनि । म भने प्रेमललवा र द्रौपदीका संवाद शिष्ट छन् भन्ने मान्यता राख्छु । अश्लील त राजेन्द्रराज, शिलाबाबु र शान्तिराजाको राजनीति हो । अश्लीलता कुनै शब्दविशेषमा हुँदैन, अर्थविशेषमा हुन्छ । त्यसैले 'चुतड' भन्ने शब्द वा 'दरौपदी, तँलाई अरूसँग सुत्दा कस्तो लाग्छ ?' भन्ने वाक्यमा अश्लीलता छैन । अश्लीलता एक लाखको भर्पाइ गराएर तीस हजार मात्र दिने नेताजीको व्यवहारमा छ । अश्लीलता छ भने पुलिसको बर्दी लगाएर निःशुल्क द्रौपदीको शरीर गिजोल्नुमा छ । प्रेमललवाले पाँच रूपैयाँ त दिन्छ ! घर आएर फर्कन खोज्ने द्रौपदीलाई बीसतीस रूपैयाँ दिएर पठाउन खोज्ने प्रेमललवा कसरी अश्लील हुन सक्छ ? वजनदार, सुसंस्कृत र सभ्य शब्दहरूको उच्चारण गरेर शान्तिराजाहरूले प्रेमललवा, ननकउ र द्रौपदीको दरिद्र

आर्थिक जीवनको सृष्टि गरेका छन् । यही नै हाम्रो युगको सबैभन्दा खतरनाक अश्लीलता हो ।

'उलार' भनेको असन्तुलन हो । सन्तुलन बिग्रियो भने टाँगा 'उलार' हुन्छ । शान्तिराजाको विजय जुलुसमा प्रेमललवाको टाँगा उलार भयो । जितको उन्मादले शान्तिराजाका ठिटाहरूले प्रेमललवाको अनुरोधलाई लतार्दै उलार भएको टाँगामा पनि चढेर आफ्नो राक्षसी शक्ति प्रदर्शन गरे । उहिलेका सामन्तहरूले सञ्चालन गरेको अहिलेको 'नेपाली प्रजातन्त्र' जनतामाथि उलार हुने गरी सवार हुन्छ । र हामी, प्रेमललवा र वसन्ती यसै गरी मर्छौं । ढाडबाट 'मवाद' निस्किरहेकी असमर्थ र अशक्त वसन्ती नै हुनुपर्छ, हाम्रा राष्ट्रगानहरूकी नेपाल आमा !

मलाई यो उपन्यास मनपऱ्यो । यो मेरो सहरको कथा हो, त्यसर्थ पनि मनपऱ्यो । मध्यपश्चिमको आर्थिक र राजनीतिक गतिविधिको प्रमुख केन्द्र नेपालगन्जको तस्बिरलाई मैले फेरि हेर्न पाएँ । पहाडी हटारू, ठग बनियाँहरू, उद्दण्ड मण्डलेहरू र देहव्यापारी बदिनीहरूबाट चिनिन्थ्यो, कुनै बेला नेपालगन्ज (मानौं, यी तीनै चरित्र नेपालका अन्य सहरमा हुँदैनन्) । अब सनत रेग्मी र नयनराज पाण्डे जस्ता सिर्जनशील नामहरूबाट नेपालगन्ज चिनिन थालेको छ र म यस सहरको प्रतिष्ठा बढाउन प्रयत्नरत यी दुई आख्यानकारको सिर्जनशीलतामा गौरव गर्छु । मेरो साहित्यिक जीवनको आरम्भकाल यही सहरमा हुर्केको थियो । त्यसैले पनि ममा नेपालगन्जप्रतिको अपनत्व कहिल्यै घट्न पाएको छैन ।

उपन्यासमा एउटा प्रसङ्ग छ, जसले आजका प्रजातन्त्रवादी नेताहरूको चरित्र राम्रैसँग प्रस्ट गरेको छ । वसन्तीको मृत्युपछि राजेन्द्रराजको चिठी लिएर प्रेमललवा शान्तिराजाको दरबार पुग्छ र बडा मुस्किलले 'भोलि आइज' भन्ने आदेश सुनेर फर्कन्छ । भोलिपल्ट जाँदा उसले 'काठमाडौं आइज दिलाइदिउँला' भन्ने आश्वासन पाउँछ । काठमाडौं पुगेर उसले मन्त्रीक्वार्टरमा पनि शान्तिराजालाई भेट्न सक्दैन । मन्त्री शान्तिराजा बालुवाटार पुगेको सूचना पाएपछि ऊ त्यहाँ पुग्छ तर त्यहाँ पनि उसले शान्तिराजालाई भेट्न सक्दैन । आफू बसेको होटलमा उसले एक जना कथाकार भेट्छ, जसले उसको जीवनको इतिवृत्त सुन्छ र उसैका पैसाले रक्सी खान्छ र मन्त्रीसँग भेट गराइदिन्छु भनेर वाचा गरेर बेपत्ता हुन्छ । संवेदनाको शोषण यसरी हुन्छ । उसले मन्त्रीज्यूलाई न बालुवाटारमा भेट्न सक्छ, न त पार्टी अफिसमा । बरू पार्टी अफिसमा उसको भेट प्रजातन्त्रको पुरानो योद्धासँग हुन्छ, जसलाई आजको नेपाली प्रजातन्त्रले मगन्ते र सहानुभूतिको पात्र बनाएको हुन्छ । उसैको रायअनुसार प्रेमललवा रित्तै राजधानीबाट घर फर्कन्छ । के यो आजको जनताको कथा होइन ? उपेक्षित योद्धाहरूको वास्तविकता होइन ?

हो, यो आजको नेपालको सबैभन्दा क्रूर यथार्थमध्ये एउटा हो । घोडा किन्नकै लागि प्रेमललवाले राजेन्द्रराजलाई आफ्नो भएको जग्गा पनि सुम्पन्छ । नब्बे हजारको कागजमा सही गर्छ र तीस हजार बुझ्छ । टाँगा किन्छ र अन्ततः राजेन्द्रराजका परिवारलाई निःशुल्क टाँगा नचढाउने र

शान्तिराजाको ओभरलोड स्वीकार नगर्ने अनि आफ्नी प्रिय द्रौपदीलाई सदाका लागि अपनाउने निश्चय गर्छ ।

प्रेमललवाले विद्रोह गर्छ । यसको परिणाम के हुन्छ ? उसको भविष्य साँच्चिकै सुरक्षित हुन्छ ? यी प्रश्न हामीलाई छाडेर उपन्यास समाप्त हुन्छ । म प्रेमललवाको सङ्घर्षपूर्ण जीवनलाई अभिनन्दन गर्न चाहन्छु, जुन नयनले गरिसकेका छन् ।

यस उपन्यासले जनताको सङ्घर्षपूर्ण जीवनकथा मात्र भनेको छैन, यसले सीमान्त तहका जनतामा जीवित मानवीय संवेदनालाई सर्वाधिक उचाइ र महत्त्व दिएको छ । पुँजीले जर्जर पारेको हाम्रो समाजलाई हेरेर हामी हाम्रो संवेदना नै मऱ्यो भन्छौं तर काठमाडौं जानका निम्ति बेखर्ची प्रेमललवालाई आफ्नो कानबाट गहना फुकालेर दिने द्रौपदीभित्रको मनुष्यत्व के अभिनन्दनीय छैन ? स्वास्नीसँग लुकाएर लोग्नेले र लोग्नेसँग लुकाएर स्वास्नीले प्रेमललवालाई दिएको पैसा के वर्गीय प्रेमको अभिव्यक्ति होइन ? समस्या त प्रेमललवाको सार्थक विद्रोहलाई पाइन चढाउनेहरू नहुनुमै छ ।

र यही नै हो हाम्रो युगको भयानक वास्तविकता, जसलाई सरल र छोटा तर आकर्षक वाक्यहरूमा प्रस्तुत गरिएको छ ।

यो उपन्यास वेश्यावृत्तिको वर्णन होइन । राजेन्द्रराज वा शान्तिराजामाथि प्रेमललवाले विजय प्राप्त गरेको देखिने पाराको कथित प्रगतिशील उपन्यास पनि होइन । 'उलार' मानिसको सङ्घर्षको बेग्लै दस्तावेज हो । जनताका लागि

भनेर बनेका पार्टी र तिनका नेताहरूको जनविरोधी चरित्रको तस्बिर हो, यो उपन्यास ।

नेपाली उपन्यासमा प्रेमललवा र द्रौपदीको सङ्घर्षलाई र उनीहरूको संवेदनालाई प्रतिष्ठा दिएर नयनले आमजनताप्रतिको आफ्नो सरोकार र प्रतिबद्धताको परिचय दिएका छन् ।

नेपाली उपन्यासको दराजमा *उलार*ले प्रतिष्ठापूर्ण स्थान बनाउनेछ भन्ने मेरो विश्वास छ ।

– **श्यामल**

एक

भोट त प्रेमललवाले राजेन्द्रराज शर्माकै नाउँमा खसालेको थियो । तर उसको भोटको सदुपयोग हुन सकेन । राजेन्द्रराज शर्मा विशाल मतको अन्तरले पराजित भए । राजेन्द्रराजको पराजय उसका लागि एउटा अनौठो र स्तब्ध गराउने घटना भयो ।

नगरपालिकामा मतपेटिकाहरू जम्मा गरिएर मतगणना भइरहेको थियो । शमशेरगन्ज, हनुमाननगर र बगौडाका मतपेटिकाहरू आउन ढिलो भएकाले मतगणना पनि ढिलो सुरू भयो । त्यसैले ऊ रातभरि नगरपालिकाबाहिरको विशाल हूलमा सामेल भएर प्रत्येक पन्ध्र मिनेटमा हुने घोषणालाई उत्सुकतासाथ सुनिरहेको थियो । गाविसहरूको मतगणना सकिएर नगरका वडाहरूको मतपेटिका खुल्ने क्रम बिहान सुरू भयो । तर अब उसलाई चुनाव परिणाममा रूचि भएन । राजेन्द्रराजको पराजय हुने निश्चित भइसकेको थियो । त्यसमाथि राजेन्द्रराजका कार्यकर्ताहरू राति नै टाप कसिसकेका थिए । मत गन्ने ठाउँमा पनि उनका प्रतिनिधि कोही थिएनन् ।

प्रेमललवा बिहान चार बजेतिर आफ्नो खपरैल छाप्रोमा फर्केर आयो र घुप्लुक्क सिरक ओढेर सुत्यो । आधा-

पौने घन्टा त उसले राजेन्द्रराजको पराजयका कारणहरूको विश्लेषण गर्दै बितायो ।

पक्कै रिक्सा एसोसिएसनवालाहरूले दगाबाजी गरे । साला, हन्ड्रेड पर्सेन्ट बेइमान छन् । ननकउ जस्तो हरामी अध्यक्ष भएर पनि काम चल्छ ? साला, निमक एउटाको खान्छ, गुलामी अर्काको गर्छ । प्रेमललवाले ननकउ, त्यसपछि रिक्सा एसोसिएसनका सारा मेम्बरलाई गाली गऱ्यो । गैबाहा । पुर्खन कटउ । ...र अनि स्वाभाविक किसिमले 'माँ-बहिन'को गाली पनि गऱ्यो ।

जुवानको पक्का हुनुपर्छ भन्ने उसको धारणा हो । र रिक्सा एसोसिएसनका मेम्बरहरू 'जुवान'का पक्का छैनन् भन्ने उसले सोझै ठहर गऱ्यो ।

वास्तवमा रिक्सावालाको, टाँगावालाको एसोसिएसन बनाइदिने राजेन्द्रराज नै हुन् र अन्तिम समयमा त्यही रिक्सा एसोसिएसनवालाले धोखा दिए ।

***

पाँच बजेतिर प्रेमललवा निदायो ।

दरौपदी अर्थात् द्रौपदी । द्रौपदीले उसको कालो मैलो अनुहारमा प्याच्च थुकी । 'राजिन्दरबाबुको खुब धाक लगाउँथिस् नि' भनेर गाली गरी । उसले म्वाइँ खान खोज्दा 'दुलत्ती' दिएर भुइँमा लडाइदिई । र उसकै छातीमाथि चढेर 'साला, रँडुवा ! एउटी मेहारू (स्वास्नी) ल्याउन नसक्नेले मलाई भुत्राको हात हाल्छस् ?' भनेर झपारी । द्रौपदीको व्यवहारले ऊ असाध्य दुःखी भयो । चिन्तित पनि भयो । छट्पटियो पनि । र रून थाल्यो । द्रौपदी उसकै अगाडि

ननकउसित सुती । रातभर द्रौपदीलाई ननकउले मादल बनायो र मादलको आवाज उसले रूँदै, चित्त दुखाउँदै सुनिरह्यो ।

प्रेमललवा झल्याँस्स ब्युँझियो ।

उसका आँखाबाट आँसु बगिरहेको रहेछ । सपना पनि कस्तो भयानक ! सपनाबाट ब्युँझिए पनि धेरै बेर ऊ द्रौपदीको व्यवहारबाट दुःखी र निराश भइरह्यो । रिस पनि उठिरह्यो र सोझै गएर द्रौपदीको घाँटी अँठ्याइदिने जस्तो भाव पनि ऊभित्र पलायो । तर ऊ आफैंलाई थाहा छ- यस्तो रिस धेरै बेर टिक्दैन । सपनाको कुरोमा पनि किन रिसाउने ? उसले आफैंलाई सम्झाइबुझाइ गरेर थामथुम पार्‍यो ।

***

कलुवा बिहान आठ बजेतिर आयो । प्रेमललवा त्यतिन्जेलसम्म निदाइरहेकै थियो । कलुवा आएर उसलाई उठाउन्जेलसम्म पनि उसले द्रौपदीलाई माया गरिरहेको सपना देखिरहेको थियो । त्यसैले कलुवाले बेस्मारी कराएर उठाएपछि उसले कलुवालाई आमाचकारी गाली गर्दै भन्यो, 'साला दुस्मन ! दरौपदीलाई भर्खर राजी मात्र गराएको थिएँ, उठाइदिहाल्यो । साला, प्रेम चोपडा !'

कलुवासित एक बन्डल पोस्टर रहेछ । कलुवाले वर्षौंदेखि पोस्टर टाँस्ने काम गर्दै आएको छ । कहिले परिवार नियोजनको, कहिले बर्नभिटा र हर्लिक्सको र कहिले

सफेद दाग र बबासिरको 'सर्तिया इलाज' गर्ने डाक्टर मुन्ने खाँको । उसले 'सौ' पोस्टर टाँसेको पाँच रूपैयाँ पाउँछ ।

कलुवाले कस्सिएर लाग्यो भने दिनभरिमा चालीसपचास कमाउँछ । तर एक पैसा जोगाउँदैन । हरेक दिन नङ्गा । भट्टीटोलमा गएर बेस्मारी 'अप्सरा' चढाउँछ । त्यसपछि गगनगन्ज जान्छ । भगवान् तलौवावरिपरि दुईतीन चक्कर लगाउँछ । दरौपदीकहाँ जाऊँ कि सवितरीकहाँ, एकछिन दोधारमा पर्छ । द्रौपदीका अगाडि देखापरेको कुरासम्म थाहा पायो भने प्रेमललवाले ज्यान लिन्छ भन्ने डर आफूभित्र उम्रिएपछि अन्ततः कलौटी सावित्रीकहाँ नै पुग्छ । ङिच्च दाँत र त्यसपछि पाँचको नोट देखाउँछ ।

'पाँच रूपैयाँमा पुरी त आउँदैन, मेरो ... आउँछ ?' सावित्रीले छन्द मिलाएर भन्छे ।

'आज दिहाल्, भोलि बढी दिउँला नि !' कलुवा भन्छ ।

'उः त्यो बज्यैकहाँ जा' भनेर पैंतालीसपचासकी कुन्तीलाई देखाइदिन्छे ।

'मजाक नगर् । आज यतिमै दे न !' कलुवा फेरि भन्छ । उसलाई थाहा छ, अन्ततः सावित्री राजी हुन्छे नै । यो त उसको 'रोजको अदा' हो ।

'अहँ, पाँचले त हुन्न,' सावित्री घुर्की देखाउँछे । तर ऊ स्वयम्लाई थाहा छ, ऊ कलुवासित पराजित हुन्छे ।

अन्ततः एकछिनको घुर्की । एकछिनको झगडा । एकछिनको मोलभाउ । एकछिनको घटाघट र बढाबढपछि सावित्री र कलुवा एकअर्कालाई गाली गर्दै, हकार्दै कोठाभित्र पस्छन् ।

'साली, बार्गेनिङ गर्छे ।'

कोठाभित्र पुगेपछि एकछिन फेरि ठाकठुक पर्छ ।

कलुवाको यस्तो लिच्चडपन प्रेमललवालाई पनि थाहा छ ।

'साले, दरौपदीकहाँ त गैनस् ?' प्रेमललवा जङ्गिन्छ ।

'गैन बे, माँ कसम !' कलुवाले प्रेमललवालाई निश्चिन्त गराउँछ ।

प्रेमललवा मुखसुख धुन लोटा लिएर बाहिर निस्केपछि कलुवाले उसको कोठामा 'रङ्गिला' र 'ढाल प्रयोग गर्नुहोस्' लेखिएका पोस्टर टाँसिदिन्छ । प्रेमललवा अँगौछाले मुख पुछ्दै फर्केपछि कलुवा भन्छ, 'तेरो कोठा त पूरा सिनेमा हौल जस्तो देखियो बे ।'

प्रेमललवाले कलुवाको कुरामा ध्यान दिँदै दिएन । 'अब भन्, किन आइस् ? बिनामतलब त तँ साला, मुख पनि देखाउन्नस्... अलि पर बस्, साला, पाइरिया गन्हाउँछ ।' तर प्रेमललवा आफैं कलुवाभन्दा अलिक पर बस्छ ।

'रङ्गिलाको मइकिङका लागि टाँगा चाहियो । हौल मैनेजरसित मैले तेरो कुरा गरेको छु । दिनभरको नब्बे । अस्सी तँलाई, दस मलाई । कमिसन ... ।'

'नब्बे ? सुक्खा नब्बे ?'

'अनि के त ? तेल लगाएर लिन्छस् ?'

'अबे, अस्ति लक्ष्मी चित्र मन्दिरको 'जङ्गलकी बेटी'मा सौ रूपैयाँ दिएको थियो । चियानास्ता अलग ।'

प्रेमललवाले नब्बेमा नमाने जस्तो भाव प्रकट गऱ्यो ।

'अनि त्यो हरामी थपुवा (थापा) लाई तीस रूपैयाँ कमिसन दिएको नि, बिर्सिस् ? अनि तेरो हातमा सत्तर मात्र आएन ? साला, हिसाब गर्न आउँदैन...,' कलुवाले झपाऱ्यो ।

***

हो, वास्तवमै प्रेमललवालाई हिसाब गर्न आउँदैन । सौपचासको लेनदेन गर्नुपऱ्यो भने 'कनफुज' भइहाल्छ । दुईचार अक्षर पढेको भए पो ! नौदस वर्षको उमेरदेखि टाँगा चलाउँदै छ प्रेमललवा । न महतारी, न बाप । आठ वर्षको हुँदानहुँदै राजुबाबुको घरअगाडि ट्रकले किचेर उसको बाबु मऱ्यो । आमा पनि त्यही साल 'दमा'ले मरी । ऊ एक्लो छोरो, एक्लो रह्यो ।

राजेन्द्रराजप्रति प्रेमललवाको श्रद्धा त्यत्तिकै पलाएको होइन । बडा गौप्राणी छन् राजेन्द्रराज । हरेक काममा सहयोग गर्छन् । जन्मेदेखि मर्दासम्म उनी हरेकलाई गुन लगाउँछन् । गरिबका लागि जोसित पनि लड्नभिड्न तयार । मौका परे अङ्ग्रेजीमा कुरा गर्न सक्छन् ।

आफ्नो बाबुलाई मार्ने ट्रकको मालिकबाट आठ हजार प्रेमललवालाई उनैले दिलाइदिए । कसैकसैले राजेन्द्रराजले आफूले अठार लिएर प्रेमललवालाई आठ पकडाए भन्ने हल्ला पनि चलाए । तर उसले पत्याएन । त्यो आठ हजार हत्याउन उसका कहिल्यै देखा नपरेका काकामामा सबै देखिए । कसैले उसलाई नानपारा जाऔं र एउटा सानदार पान पसल खोलौं भने । कसैले आफ्नी 'भान्जी'सँग 'सादी' गर् भनी कर गरे । कसैले 'नगदी मलाई राख्न

दे' भने । सबैको दाउचाहिँ आठ हजार कसरी हात पार्ने भन्ने नै थियो । तर राजेन्द्रराजले उसलाई जोगाए । बैङ्कमा खाता खोलिदिए । दस वर्षको भएपछि त्यही पैसाबाट उसलाई टाँगा किनिदिए ।

टाँगा त किनियो तर घोडा थिएन । एक वर्षजति टाँगा मात्रै दिनको सात रूपैयाँका दरले भाडामा लगायो । तर भाडा लगाएर मात्र गुजारा हुने देखेन उसले । महँगीमा सात रूपैयाँले के हुन्थ्यो ? धन्न त्यतिखेरसम्म उसले दारू खान सिकेको थिएन । नत्र महिनामा बीस दिन भोकै हुन्थ्यो । त्यसैले दारू नखानुको नाफा यति मात्र भएको थियो कि बीस दिनको सट्टा दस दिन मात्रै भोकै बस्नुपर्थ्यो । त्यसैले कुनै पनि दिन केही पनि नखाईकन सुत्न नपरोस् भनेर एक छाक मात्र खान्थ्यो ।

***

एक पटक प्रेमललवा साह्रै बिरामी पर्‍यो । निमोनियाँ भएछ । तीन सयजति राजेन्द्रराजबाट सापटी लिएर उसले औषधि गरायो । आफूसित बल्लबल्ल जोगाएको साठी रूपैयाँ थियो, त्यो पनि स्वाहा ! तर निको भएन । नानपारा गएर हकिमलाई देखायो । दरगाह बाबाकहाँ गयो । तर केही काम लागेन ।

त्यसपछि निमोनियाँ र आर्थिक सङ्कट दुवै रोगले चाप्यो उसलाई । उपाय केही नलागेपछि ऊ राजेन्द्रराजको आँगनमा गएर पसारियो- लाचार, निरीह, उपायहीन ।

***

शिलाबाबुको पार्टी अफिस भएकै ठाउँमा पहिला उसको पुख्र्यौली घर थियो । ऊ त्यहीँ हुर्केको थियो । त्यहीँ उसको बाबुले आफ्नो जीवन बिताएको थियो । त्यहीँ उसकी आमा मरेकी थिईं । झन्डै ऊ पनि त्यहीँ निमोनियाँले मरेको !

पहिले शिलाबाबु र राजेन्द्रराज एउटै पार्टीका थिए । खुब मिल्ती थियो दुईको । शिलाबाबु केन्द्रीय स्तरका सशक्त नेता, राजेन्द्रराज स्थानीय स्तरका सबभन्दा प्रभावशाली नेता । दुवै एकअर्काका निम्ति आवश्यक । राजेन्द्रराजमार्फत शिलाबाबुसित पनि उसको परिचय भएको थियो । शिलाबाबु उसलाई भेटेपिच्छे अँगालो मार्थे । पिठ्युँमा धाप दिन्थे । तिघ्रामा बजार्थे । पछि ऊ शिलाबाबुबाट अलिक सतर्क रहन थाल्यो । शिलाबाबुको व्यवहार उसलाई 'भरोसे' मार्का लाग्यो । भरोसेलाई देख्दा उसलाई जहिले पनि घिन लाग्छ । ननकउ र भरोसे जोल्ठिएको कति पटक उसले आफ्नै आँखाले देखेको छ ।

जेहोस्, सडककिनारमै त्यति किमती ठाउँमा उसको छाप्रो थियो । छाप्रोको त के मोल तर जग्गा नै हीरा थियो ।

निमोनियाँले पिरोलेपछि, टाँगा भाडामा लाग्न छुटेपछि र हातमुख जोर्ने अरू उपाय नभएपछि राजेन्द्रराजले प्रेमललवालाई सल्लाह दिए, 'घर बेच् ।'

जम्मा तीस हजारमा प्रेमललवाले आफ्नो घरजग्गा बेच्यो । शिलाबाबुले दाम सोधे एक लाख भन्नू भनेर राजेन्द्रराजले पहिले नै सम्झाएका थिए । उसले त्यसै भनेको थियो तर राजेन्द्रराजले किन झूटो बोल्न लगाए, उसले बुझेन । उसले एक लाखको कागजमा ल्याप्चे लगायो र तीस हजार बुझ्यो । बाँकी रकम कसले बुझ्यो, त्यतातिर

सोच्ने उसको क्षमता नै कहाँ थियो र ! जेहोस्, त्यो जग्गा शिलाबाबुले किने र त्यहाँ पार्टी अफिस खोले ।

त्यसपछि बीस हजार तिरेर प्रेमललवाले कोरियनपुरवामा आधा कट्ठा जग्गा किन्यो । जग्गामै एउटा सानो छाप्रो पनि थियो । बाँकी दस हजारले उसले एउटा 'घोडी' किन्यो । त्यतिन्जेलसम्म ऊ निमोनियाँबाट पूरै उब्रिसकेको थियो ।

घोडी किनेपछि उसले एक महिनाजति इस्माइललाई टाँगा चलाउन लगाएर आफू इस्माइलसँगै हेल्पर जस्तो भएर बस्यो । वास्तवमा उसलाई टाँगा चलाउन सिक्नु थियो । एक महिनामा ऊ टाँगा चलाउन खप्पिस भयो । त्यसपछि ऊ आफू एक्लैले टाँगा चलाउन थाल्यो । रेगुलर सौपचास आम्दानी हुन थाल्यो र उसले आर्थिक सङ्कटबाट झन्डैझन्डै मुक्ति पायो । ऊ सानै थियो, त्यसैले बेलाबेला बेरियरहरूमा पुलिसले दुःख दिन्थे । 'साला बित्ताभरिको भएर टाँगा चलाउँछस् ?' भनी हकार्थे । कसैकसैले त 'गाँडमा बाल उम्रेको छैन, बडा टाँगा हाँक्छ' सम्म भन्थे । अनि उसलाई राजेन्द्रराजले ढाँटेर उमेर पुगेको भनी बनाइदिएको 'नागिर्ता' र त्यसका आधारमा बनाएको 'लैसन' देखाउन कर लाग्थ्यो । पुलिसहरू नागरिकता र लाइसेन्स र त्यसमा टाँसिएको कलिलो प्रेमललवाको फोटो देखेर हाँस्थे र भन्थे, 'जा, टाँगा बढा ।'

***

अन्ततः प्रेमललवा कलुवासित माइकिङका लागि टाँगा लैजान राजी भयो । कलुवाको दस रूपैयाँ कमिसन

पनि फिक्स भयो । दुई रूपैयाँ कलुवाले पेस्की माग्यो । प्रेमललवाले उसलाई एड्भान्स दियो पनि ।

कलुवा र ऊ सँगै छाप्रोबाट निस्किए । छाप्रोमा उसले ताल्चा मारेन । कलुवा छक्क पऱ्यो । 'के छ र चोरी गर्छ !' भनेर प्रेमललवाले भनेपछि कलुवा पनि आश्वस्त जस्तै भयो ।

टाँगामा घोडी बाँधेपछि दुवै जना टाँगामा बसे र हिंडे । अब राति कति बेरसम्मलाई प्रेमललवाको घर एक्लो पर्ने भो । घर । 'पर्जातन्तर' आउनेबित्तिकै किनेको घर ।

उसले आफ्नो घोडीको नाम वसन्ती राखेको छ । पहिलोपल्ट यहाँ 'सोले' चल्दा 'पिचानब्बे' पैसाको टिकटलाई दुई रूपैयाँ 'ब्ल्याक'मा किनेर उसले 'सोले' हेरेको थियो । 'सोले'कै घोडीसित दाँजेर उसले आफ्नो घोडीको नाम 'वसन्ती' राख्यो । तर उसलाई पछि थाहा भयो, सोलेकी घोडीको नाम त 'धन्नो' पो रहेछ । वसन्ती टाँगावालीको नाम पो रहेछ । यसरी उसले झुक्किएर आफ्नो घोडीको नाम 'वसन्ती' राख्न पुग्यो । पछि आफ्नो भूल थाहा भएपछि उसलाई साह्रै थकथक लाग्यो । 'धन्नो' भन्ने नाम राख्न खोज्यो । तर त्यतिन्जेलसम्म 'वसन्ती' नाम प्रचलित भइसकेको थियो ।

कलुवा पोस्टर, माड, माइक, माइक ब्याट्री, माइकमा बोल्ने गुप्तासहित टाँगा नगर परिक्रमामा व्यस्त भयो । साँझ प्रेमललवाले नब्बे रूपैयाँ बुझ्यो र आठ रूपैयाँ कलुवालाई दियो । त्यसपछि घरमा आएर टाँगा र घोडीलाई थन्क्यायो र बाहिर लाग्यो ।

***

उसको नाम द्रौपदी किन राखियो भन्नेतिर उसले कहिल्यै विचार गरिन । वास्तवमा पहिला उसको नाम द्रौपदी थिएन, सीता थियो ।

आखिर नाममा के छ र ! मुख्य कुरो त काम नै हो ।

'कामले त म रन्डी हुँ । त्यसैले मेरा लागि मेरो नाम र गाली दुवै बराबर ।'

उसलाई आफू बसेको, हुर्केको घरभन्दा नगरपालिकाको पिसाबघर सफा लाग्छ । तर ऊ यो फोहोरमा बस्न अभ्यस्त भइसकेकी छ । त्यसैले उसलाई आफ्नो घरको, आफ्नो कोठाको, आफ्नो खाटको फोहोर नै स्वाभाविक लाग्छ ।

द्रौपदीको बाउ छ । आमा छे । नौदस वर्षकी छोरी छे । छोरी कसबाट जन्मिई, उसलाई थाहा छैन । कहिलेकाहीँ उसलाई आफ्नी छोरीको अनुहार असइ कृष्णबहादुरको जस्तो लाग्छ । कहिले असइ जगतमानको जस्तो लाग्छ । कहिले भूतपूर्व प्रधानपञ्च हर्कमानको जस्तो लाग्छ । कहिले बहराइचको कबडिया असलमको जस्तो लाग्छ । कुनै निर्क्योलमा पुग्न नसक्ने भएपछि 'कसकी छोरी' भन्ने कुरा नै उसले सोच्न छाडिसकेकी छ । छोरीलाई उसले आफ्नै पुरानो नाम दिएकी छ, सीता !

द्रौपदीको बाउ अचेल ठ्याम्मै कान सुन्दैन । त्यसैले छोरीका लागि ग्राहक खोजेर ल्याउन सक्दैन । व्यापार घटेको छ । पहिला द्रौपदीकी आमा पनि यही काम गर्थी । त्यसैले घर धान्न सजिलो थियो । अहिले सम्पूर्ण बोझ द्रौपदीमाथि खनिएको छ । द्रौपदीकी आमा खाटमै टाँसिइरहन्छे । दीर्घरोगले समातेको छ । उमेर ४०-४५ को हो तर ६०-७०

की बूढी देखिन्छे । खोकिरहन्छे, कनिरहन्छे । उसको खोकाइ र चिच्याइले पनि ग्राहक आउने क्रम घट्न थालेको हो । स्थायी ग्राहक पनि बूढीको चिच्याइले 'सारा मजा किरकिरा हुन्छ' भनेर आउन छाड्दै छन् क्रमशः । त्यसैले उसको बाउ आफ्नी स्वास्नीसित सधैं क्रुद्ध रहन्छ । 'किन मर्दिनस् राँडी' भनेर हकार्छ । द्रौपदीलाई आफ्नी आमाको नाउँ थाहा छैन । तर एक पटक कुरैकुरामा 'तिम्रो नाउँ सीता हो ?' भनी उसले आफ्नी आमासित सोध्दा उसकी आमाले छक्क पर्दै सोधेकी थिई, 'कसरी था पाइस् ?'

***

दुधियाको बोत्तल अद्धा लिएर प्रेमललवा द्रौपदीको कोठामा पस्यो । अघि भर्खरसम्म सायद कोठामा कोही थियो, त्यसैले द्रौपदी धोती मिलाउँदै थिई, प्रेमललवा कोठामा पस्दा ।

तीन दिनपछि द्रौपदीकहाँ आएको छ प्रेमललवा- खरिएर, रन्थनिएर । तीन दिन, तीन रात ऊ राजेन्द्रराजकै चुनाव प्रचारमा खटियो- फोकटमा, एक पैसा नलिएर । घोडीका लागि दानासमेत उसले आफ्नै जम्मा रकमबाट किन्यो । तीन दिन पूरा कमाइधमाइ बन्द । कमाइको पीर भएन उसलाई । पीर यत्ति थियो, राजेन्द्रराजले चुनाव जितेनन् ।

'तैंले कसलाई दिइस् भोट ?' प्रेमललवाले सोध्यो ।

'आफ्नो त लिस्टमा नामै थिएन, त्यसै फर्कें । कृष्णाले शान्तिराजालाई दिई । 'वादी उत्थान' वालाले सौ रूपैयाँ दिएको थियो नि, त्यसैले ।'

'साली रन्डीहरू । रन्डीको के भर ?' भन्दै प्रेमललवाले अद्धा खोलेर आधी एकै पटक घुट्कायो ।

'मान्छे चिन्दैनौ तिमीहरू । कहाँ राजिन्दरबाबु, कहाँ शान्तिराजा । सौ रूपल्लीमा बिक्ने कुतियाहरू ... ।' रक्सीले अलिअलि छुन थालेपछि उसले बोल्न थाल्यो ।

'तँ झगडा गर्न आ'को ?' द्रौपदीले झपारेपछि बल्ल उसले आफू आउनुको औचित्य सम्झियो ।

'प्याज ल्या !' रक्सीसित खान उसले प्याज माग्यो ।

'नाइँ, गन्हाउँछ ।'

'साली रन्डी, दुनियाँसित मुख टाँसेर सुत्छेस्, गन्हाउँदैन । मेरो गन्हाउने ?'

द्रौपदीले त्यसपछि जवाफ दिइन । प्याज पनि दिइन । 'ला' भनेर उसले आफ्नो कट्टुको नाडाभित्र कोचेर राखेको साठी रूपैयाँबाट रू. १० फुत्त द्रौपदीको अगाडि फ्याँक्यो । द्रौपदीले रूपैयाँ टिपेर छातीभित्र घुसारी ।

'कलुवाले के भन्यो हँ, तँलाई ?' उसले छड्के पाराले प्रश्न सोध्यो । वास्तवमा ऊ जान्न चाहन्थ्यो, कलुवा द्रौपदीकहाँ आउँछ, आउँदैन ।

'कलुवा सवितरीकहाँ नगएर मकाँ किन आउँछ ?' द्रौपदीको यो जवाफबाट प्रेमललवा सन्तुष्ट भयो । ढुक्क भयो ।

'दरौपदी, मलाई तेरो माया लाग्छ ।'

'माया लाग्या होइन, रक्सी लाग्यो भन् न हरामी ।'

'छिः गाली नगर्न । साँच्ची लाग्छ । नपत्याए सिना चिरेर देखाइदिऊँ ?' यति भनेर उसले जोसैजोसमा कमिज तान्यो । छातीका दुइटा टाँक चुँडिए । अनि दुवै जना हाँसे ।

द्रौपदी, आफ्नी दरौपदी हाँसेको उसलाई असाध्यै राम्रो लाग्छ । त्यसपछि त उसले आफूलाई थाम्नै सक्दैन ।

द्रौपदीलाई गिजोल्न थाल्छ । द्रौपदी हाँसिरहन्छे, जिस्किरहन्छे, छिल्लिरहन्छे ।

दसपन्ध्र मिनेटपछि दुवै अलग्गिएर भित्तातिर, छततिर हेर्न थाले ।

'तँलाई म एक दिन उडाएर लैजान्छु ।'

'तैंले लैजाने ? म रन्डीलाई ?'

'अनि के त ? तँ त मेरी रानी होस्, श्रीदेवी होस् ।' द्रौपदी हाँसिरही, नपत्याएर । कसरी पत्याओस् ? सबै यसै भन्छन् ।

तर प्रेमललवाले त्यसो भन्दा ऊ एकैछिन हराउँछे । सपना देख्न थाल्छे ।

'रन्डी ल्याऊँ कि पतुरिया, मलाई कसले के गर्ने ? एक्लो मान्छे, जे गरूँ कसले रोक्ने मलाई ?' प्रेमललवाको यस्तो बोलीले एकै छिनलाई भए पनि ऊ कल्पिन थाल्छे ।

घर फर्किने बेला द्रौपदी पनि आफ्नो छाप्रोको ढोकासम्म उसलाई पुऱ्याउन आउँछे र आफ्नो लोग्नेलाई झैं भन्छे, 'राम्ररी जानू । र एउटा कुरा सुन, अचेल तिमी अलि कमजोर भएका छौ । ताकतको दबाई किनेर खाऊ ।'

द्रौपदीले यसो भन्दा प्रेमललवालाई आफ्नो पनि कोही छ भन्ने लाग्यो ।

ऊ भावुक भयो र द्रौपदीलाई म्वाइँ खाँदै भन्यो, 'सधैं हाँसिराख्, है ?'

तर द्रौपदीले उसलाई भन्न सकिन कि अचेल कम्मर दुखेर ऊ रातभरि रोइरहन्छे ।

द्रौपदी रातभरि रोइरहन्छे ।

***

घरमा आएर ऊ खाटमा डङ्ग्रङ्ग पछारियो । र आफ्नो वरिपरि नियाल्न थाल्यो । घर ? यस्तो पनि घर हो ? एउटा खाट, गिल्टीका दुईचार ओटा भाँडा, कोठाभित्रै आफ्नो खाट र घोडीबीच छेकबार लगाएर ऊ सुत्छ । भुसाहरू, लादीको गन्ध । कलुवाले ल्याएर टाँसिदिने सिनेमाका पोस्टर । एकदुई बर्सातपछि ढल्न तम्तयार भित्ता । चुहिएर बर्सातमा सताउनु सताउने छत । र एउटा नमीठो, एकदमै नमीठो शून्यता । घर यही हो ? साला, घर यही हो ? उसले प्रश्न गऱ्यो, आफैंसित । उत्तर दिने को ?

अकस्मात् घर भत्कियो भने के गर्ने ? कसरी बनाउने ? टाँगा तानेर के कहिल्यै घर बनाउन सकिन्छ ? उसले आफ्नो अगाडि अँध्यारो देख्यो । अँध्यारो, निस्पट्ट अँध्यारो ।

नङ्गा नै भए पनि, हरामी नै भए पनि कलुवालाई प्रेमललवाले आफूभन्दा भाग्यमानी ठान्यो । कलुवाकी स्वास्नी छे, छोराछोरी छन् । दुईचार दिन कलुवा घर आएन भने उसकी स्वास्नी रूँदै खोज्न थाल्छे उसलाई । छोराछोरीहरू कलुवालाई देख्नेबित्तिकै रमाएर उसलाई सताउन थाल्छन् ।

'तर मेरो के छ ?' उसले आफैंसित असन्तुष्टि पोख्यो । उसको असन्तुष्टि पोखिन्छ मात्र सधैं । छताछुल्ल हुन्छ मात्र । सोहोरिदिने कसले ?

एक दिन कताबाट द्रौपदी प्रेमललवाको यही छाप्रोमा आइपुगी ।

'रे प्रेमललवा तँ यहीँ बस्छस् ?' भनेर द्रौपदीले सोद्धा लजाएको थियो ऊ ।

त्यतिखेर उसले द्रौपदीलाई हात हाल्न सकेन । छुन पनि सकेन । द्रौपदी छक्क परी । 'बडा ब्रह्मचारी बन्दै छस् नि' भनेर उसलाई जिस्क्याई पनि । तर अहँ, उसले द्रौपदीलाई केही गरेन ।

उसले द्रौपदीलाई फुक्कै वाइवाई चाउचाउ खुवायो । उसको विचारमा यो सबैभन्दा राम्रो परिकार थियो । अनि उसले पानीमा चिनी मिसायो र औंलाले घोलेर सर्वत बनायो । अनि गिल्टीको कचौरामा उसले द्रौपदीलाई सर्वत खुवायो ।

द्रौपदी उसको अँगालोमा टाँसिइरही । उसले मायाले सुमसुम्याई मात्र रह्यो ।

उसले द्रौपदीमा त्यतिखेर 'रन्डी' देखेन । वेश्या देखेन । वदिनी देखेन । पतुरिया वा कुतिया देखेन । आइमाई देख्यो । टीठलाग्दी द्रौपदीलाई देख्यो ।

'तँ किन त्यस्तो घिनलाग्दो पेसा गर्छेस् ?' उसले सोध्यो ।

'तँ किन टाँगा चलाउँछस् ?' उसले प्रतिप्रश्न गरी । उसले त्यसपछि केही सोधेन । धेरै बेर चुप लागेर घोत्लिरह्यो ।

तर द्रौपदीसित सम्बन्धित एउटा प्रश्नले उसलाई सधैं बिथोल्छ । उसले द्रौपदीसित त्यही प्रश्न गर्ने निश्चय गऱ्यो । र निश्चय गरेको केही बेरपछि सोध्यो, 'तँलाई अरूसित सुत्दा कस्तो लाग्छ ?'

'केही पनि लाग्दैन,' बस् यति मात्र बोली द्रौपदी ।

'अनि मसित सुत्दा नि ?' फेरि सोध्यो ।

'खै भन्नै सक्दिनँ । के-के लाग्छ के-के ।' यति भनेर द्रौपदी फेरि चुप लागी र एकछिनसम्म घोत्लिएर भनी, 'साँचो भनूँ ? तँ मलाई जब लुगा फुकाल्न भन्छस् नि, अनि मलाई साह्रै लाज लाग्छ ।'

त्यो दिन यति मात्र भएथ्यो । द्रौपदी त्यसै गएकी थिई । उसले बीसतीस रूपैयाँ दिन खोजेको थियो । उसले लिनै मानिन । भनी, 'त्यहीँ आएर दिनू ।'

जाँदाजाँदै फिक्का, निराश, स्वप्निल र लोभलाग्दो भावमा उसले प्रेमललवाको 'घर'लाई नियाली र सोधी, 'यो तेरो घर हो, हगि ? तेरो आफ्नो घर हो, हगि ?'

द्रौपदी गएपछि उसले त्यो अन्तिम प्रश्नलाई पटकपटक सम्झिरह्यो ।

र अनि त्यतिखेर उसलाई 'आफ्नो' यो घरको माया लाग्यो, पहिलोपल्ट ।

'दरौपदी यो घरमा अटाउन सक्छे ?' भन्ने भावको प्रश्न र समस्या एकसाथ उसको मथिङ्गलमा सलबलाइरह्यो, निकै बेर ।

दुई

चुनाव परिणामको घोषणापछि ननकउ उसको छाप्रोमा आयो र शान्तिराजाले जितेको कुरा खुब उत्साहित भएर सुनायो ।

'अब जुलुस निस्कन्छ । अठारबीस ओटा टाँगा पनि चाहिएको छ । तँ पनि हिँड् । तीन घण्टा त हो नि ! तीन घण्टाको सौ रूपैयाँ ।'

प्रेमललवालाई एकछिन दोधारको स्थितिले सतायो । हिजोसम्म राजेन्द्रबाबुका लागि खटेको, आजै शान्तिराजाको जुलुसमा टाँगा चलाउनु राम्रो होला ?

उसलाई एक मनले नजाऊँ भन्ने नै लाग्यो । उसको आफ्नो मनले पनि नजा नै भन्यो । तर उसले आफ्नो मनलाई सम्झायो । 'जुलुस'मा जाँदैमा के हुन्छ ? घोडाले घाँससित दोस्ती गऱ्यो भने के खाने भन्ने खालको कुरा पनि सोच्यो उसले ।

अहँ, मलाई पैसा चाहिन्छ । पाइपाइ गरेर जम्मा गर्नुपर्छ मैले पैसा । नत्र घर कसरी बन्छ ? बिहे कसरी हुन्छ ? कि सधैं रँडुवा बसिरहने ? अस्ति कलुवाले ठट्टैठट्टामा भनेको थियो, 'बे, तँ त छिप्पेर गन्हाउन थालिस्,

बोका जस्तो ।' कलुवाको ठट्टाले उसको अन्तर्मनको रित्तोपनको अनुभूतिलाई झन् तीव्र पारिदिएको थियो ।

जेहोस्, अन्ततः ऊ ननकउको पछि लाग्यो ।

***

वसन्ती अचेल बिरामी जस्ती छ । पिठ्युँमा घाउ पनि छ । 'मवाद' बगिरहन्छ । भेटनरीमा लगेर जँचाउने विचार अस्तिदेखि नै गरिरहेको छ । तर साइत जुरेको छैन । अस्पताल लग्ने हो भने पूरा दिन टाँगा चलाउन बन्द हुन्छ ।

त्यसैले प्रेमललवाले चाहेको थियो, टाँगामा पाँचसात जनाभन्दा बढी नबसून् । तर उसले चाहेर के ? चुनाव जितेको खुसी । कसले कसलाई रोक्ने ? सोह्रसत्र जना चढिदिए उसको टाँगामा ।

जुलुस सुरू भयो । शान्तिराजा अबिर र फूलमालाभित्र चुर्लुम्म डुबे । अनुहार चिन्नै गाह्रो । उनी जिपभित्र थिए । जिपमा अरू पच्चीसतीस जना पनि थिए । ननकउ पनि जिपमै थियो, पछाडितिर । ननकउको अनुहारमा पनि चमक थियो । मानौं, उसले आफैंले चुनाव जितेको हो ।

'साला पावरवाला भयो' भन्दै मनमनै ईर्ष्यासहित प्रेमललवाले फोहोर गाली गऱ्यो । 'राजिन्दरबाबुले जित्या भए मैले पनि जान्या थिएँ,' उसले सोच्यो ।

उसको टाँगा पन्ध्रबीस ओटा टाँगाको विशाल हूलबीच थियो । सबै टाँगा आफ्नै सुरमा गुडिरहेका थिए । तर वसन्तीलाई अलि बढी नै हिर्काउनुपरिरहेको थियो । बल्लबल्ल ऊ अगाडि बढिरहेकी थिई । दिउँसो 'खुदी' पनि राम्ररी खुवाउन पाएन । भोक पनि लागेको होला ।

उसलाई वसन्तीप्रति दया जाग्यो । तर यतिखेर दया गर्नुको के अर्थ ?

बीचबीचमा दुईचार जना ठिटा उसको टाँगामा फेरि चढे । 'भैया उलार भयो' भनेर विरोध गर्दा हिर्काउँला जस्तो गरे । त्यसैले उसले केही भन्न सकेन ।

आधाआधी बाटो काटेपछि वसन्तीलाई अगाडि बढ्न एकदमै गाह्रो हुन थाल्यो । सास निकै फुले जस्तो भयो । पेट त 'धौंकनी' जस्तो देखिइरहेको थियो । पसिना त अघिदेखि नै आइरहेको थियो । बीचमा एउटा खुट्टाको नाल पनि फुस्किएछ । त्यसले झनै अप्ठ्यारो पार्न थाल्यो । घाउबाट निरन्तर 'मवाद' बगिरह्यो ।

उसलाई एक मन सबैलाई ओरालिदिएर जुलुस छाडेर हिँडिदिऊँ जस्तो लाग्यो । तर त्यस्तो गर्न पनि सकेन ।

***

शान्तिराजा घरघर गएर, पसलपसलभित्र पसेर सबैसित हात मिलाउँदै थिए, गला मिलाउँदै थिए । मानिसहरू शान्तिराजासित हात मिलाएर, गला मिलाएर गर्वको अनुभव गर्दै थिए ।

उसले कलुवालाई पनि शान्तिराजासित गला मिलेको देख्यो । मनमनै कलुवालाई गाली गर्‍यो, 'सुअरको औलाद !'

जेहोस्, शान्तिराजाको विजय जुलुसमा सामिल भए पनि उसले शान्तिराजासित हात मिलाएन । गला मिलेन । उसलाई लाग्यो, 'यसो गर्नु अनैतिक काम हो ।' र कलुवा ? 'इमान, धरम नभएकाहरू, निमक एउटाको खान्छन्, बफादारी अर्काको गर्छन् ।' उसले फेरि मनमनै कलुवालाई 'मा-बैन'को

गाली गऱ्यो र जुलुस सिद्धिएर कलुवा भेटिए उसको 'चुतड'मा लात बजाउने निश्चय गऱ्यो ।

टाँगामा चढेका दुई जना बात मार्दै थिए, आफ्नै सुरले । उसलाई किनकिन उनीहरूको वार्तालापले तान्यो । उसले आँखाअगाडि भए पनि कानचाहिँ पछाडि एकोहोऱ्यायो ।

'बुझिस्, राजिन्दरबाबुले सहयोग नगरेको भए कहाँ जित्नु शान्तिराजाले ? शान्तिराजाले राजिन्दरबाबुलाई पाँच लाख क्यास दिएको त मैले आफ्नै आँखाले देखेको । राजिन्दरबाबुले आफ्नो सत्तर प्रतिशत भोट शान्तिराजाकोमा खसाउन लगाए ।'

प्रेमललवा एकछिन अलमलियो । यति ठूलो धोखा हुन सक्छ ? तर बिचराको सोझो मन, उसले तिनीहरूको वार्तालापलाई वाहियात भनेर पत्याएन र बाँकी वार्तालापतिर ध्यान दिएन ।

वसन्ती अब ठ्याम्मै रोकिई ।

एक डेग चल्ने स्थिति पनि देखिएन । दसबीस चाबुक हिर्काउँदा पनि केही सीप लागेन । वसन्तीको मुखबाट घ्यारघ्यार आवाज निस्कन थाल्यो । टाँगामा बसेकाहरूले त 'अझ हिर्का' भन्दै थिए । तर प्रेमललवाले लक्षण राम्रो देखेन । अझै वसन्तीलाई हिर्काइराख्नु ठीक लागेन, हिर्काउन बन्द गऱ्यो ।

स्थिति बिग्रन थालेपछि र वसन्तीको खुट्टा यताउता हुन थालेपछि सबै एक्कासि गर्ल्यामगुर्लुम ओर्लिए । ब्यालेन्स बिग्रियो । वसन्ती जोरसित पछारिई र अचेत जस्ती भई ।

र अनि प्रेमललवाले एक्कासि चारैतिर तारा देख्न थाल्यो । उसलाई पनि रिँगटा लाग्न थाल्यो । ऊ आफैं पनि पछारिएला जस्तो भयो ।

उसलाई थाम्न कलुवा आइपुग्यो र मात्र, नत्र त प्रेमललवा पनि झन्डै त्यहीँ ढलेको ।

***

वसन्तीलाई कलुवा र ऊ भएर बल्लबल्ल घरसम्म ल्याए । घरमा आएर पनि वसन्ती उसरी नै पछारिई ।

'लच्छिन ठीक छैन है !' कलुवाले चेतावनी दिएपछि प्रेमललवा आत्तियो ।

'भोलि बिहानै बाँके बगिया लैजा,' कलुवाको आशय बाँके बगियास्थित भेटनरी हस्पिटल लैजा भन्ने थियो । र आशय प्रेमललवाले पनि बुझ्यो ।

'पैसा निकै लाग्ला, हगि ?' प्रेमललवाले डराउँदै सोध्यो ।

'लाग्ला नि, हजारपाँच सौ त लाग्ला,' कलुवाले हिसाबकिताब लगायो ।

प्रेमललवासित जम्मा पुँजी साढे सात सौ छ । आज जुलुसमा गएको सौ रूपैयाँ दियो भने साढे आठ सय ।

'साला ननकउ, अब त्यसले सौ रूपैयाँ मरे पनि दिन्न । एक नम्बरको हरामी...,' कलुवाको कुराले आत्तियो प्रेमललवा ।

नभन्दै राति ननकउसित पैसा माग्न जाँदा 'आधा बाटोमै फर्किस्, किन दिने पैसा' भनेर पच्चीस रूपैयाँ मात्र दया गरे जस्तो गरेर उसले दियो । प्रेमललवा लाचार थियो,

हताश थियो । त्यसैले चुपचाप पच्चीस रूपैयाँ समातेर ऊ ननकउकहाँबाट फर्कियो ।

प्रेमललवालाई रातभर निद्रा परेन । सातआठ सयभन्दा बढी लाग्ने भयो भने के गर्ने ? अरू पैसा कताबाट ल्याउने भन्ने चिन्ताले बिथोलिरह्यो उसलाई ।

हरेक रात सपनामा देखिने द्रौपदीलाई उसले आज देखेन । द्रौपदीसित माया गरेको, घृणा गरेको, रिसाएको केही पनि देखेन । खालि अभाव देखिरह्यो, अँध्यारो देखिरह्यो ।

वसन्तीको छटपटी लाचार भएर उसले रातभरि हेरिरह्यो । उसलाई बेलाबेलामा लाग्यो, वसन्ती लाचार भएर उसलाई हेरिरहेकी छ । बोल्न सक्ने भए अहिले वसन्तीले आफ्नो पीडा भन्ने थिई । कहाँ कसरी दुखिरहेछ, भन्ने थिई ।

रातभरि वसन्ती र प्रेमललवा दुवैले एकअर्कालाई निरीह भएर हेरिरहे ।

***

बिहान सहरको स्थिति राम्रो देखिएन । सानोतिनो निहुँबाट सुरू भएको झगडाले साम्प्रदायिक दङ्गाको रूप लिने लक्षण देखिइरहेको थियो । चोकबजारका पसल खुलिरहेका थिएनन् । एकअर्कालाई सशङ्कित भएर हेर्ने क्रम सुरू भइसकेको थियो ।

बिहान सबेरै उठेर प्रेमललवाले वसन्तीलाई सुमसुम्यायो । वसन्तीले पुलुक्क आँखा उघारी ।

'उठ्न सक्छेस् ? अस्पताल जाने ?' बुझ्छे कि भनेझैं उसले वसन्तीलाई सोध्यो र वसन्ती सकिनसकी उठी, बुझेझैं गरेर ।

वसन्तीलाई डोऱ्याएर अस्पताल लैजान थाल्यो प्रेमललवाले । चोकसम्म त जसोतसो लग्यो तर अगाडिको स्थिति उति राम्रो थिएन । हूलहूल मान्छे एकअर्कासित झगडा गर्दै थिए । एकअर्कालाई ढुङ्गामुढा गर्दै थिए ।

तर अस्पताल त पुग्नु नै छ । उनीहरू कसैलाई नदेखेझैं हिँडिरहे ।

एक्कासि एक हूल मान्छे आए । प्रेमललवालाई घेरे र ऊ हिन्दू हो कि मुसलमान हो भनेर सोधे । के भन्दा उचित होला भनेर ऊ एकछिन अलमलियो । कसैले वसन्तीलाई 'भ्याच्च' लात्तीले हिर्कायो । वसन्ती रन्थनिएर भुइँमा लडी । र आत्तिएर, डराएर याचनामा प्रेमललवाले केही भन्नुअघि नै कसैले भन्यो, 'छाड् बे, यो त हिन्दू हो ।'

हूल आफ्नो बाटो लाग्यो ।

उसले बल्ल वसन्तीलाई उठायो । बल्लबल्ल बाँके बगियाको पशु चिकित्सालयसम्म पुग्यो ।

तीन साढे तीन सयको औषधि । सयपचासको ब्यान्डेज आदि किनेपछि ऊसित तीन सय बाँकी रह्यो । त्यो तीन सय र वसन्तीलाई लिएर ऊ झन्डै ढाईतीन बजेतिर त्यहाँबाट हिँड्यो ।

तर मूलबाटो आउन्जेलसम्म उसले थाहा पायो, बजारमा कर्फ्यु लागेको छ ।

घरमा पुग्ने सम्पूर्ण बाटा बन्द थिए । औषधि गरिएकै भए पनि, 'सुई' लगाएकै भए पनि वसन्तीको स्थितिमा

खास अन्तर आएको थिएन । जाडो भएझैं वसन्तीको शरीर काँपिरहेको थियो । त्यो देखेर प्रेमललवा अत्यासले काम्न थाल्यो ।

केही बेर निरूद्देश्य हिँडेपछि वसन्तीले ठ्याम्मै अगाडि बढ्नै नसक्ने लक्षण देखाई । ऊ वाल्ल परेर के गर्ने, कसो गर्ने भनेर अलमलिइरह्यो । परिचितहरू कसैलाई देखेन, आफूलाई माया गर्ने कसैलाई देखेन ।

वसन्ती फेरि भुइँमा ढली । खुट्टाहरू झड्कारेर छटपटिन थाली । मुखबाट फिँज निकाल्न थाली । र, अनि ?

एकछिन प्रेमललवा जडवत् भयो, अलमलियो । मृत्यु कसको भयो ?

वसन्तीको कि उसको ?

उसको कि वसन्तीको ?

अन्ततः प्रेमललवाले वसन्ती नै मरी भन्ने ठम्यायो ।

अब यतिखेर ऊसित बाँकी थियो तीन सय नगद, वसन्तीको मृत शरीर र आफ्नो डरलाग्दो भविष्य ।

अब यो वसन्तीको शरीरलाई के गर्ने ? उसले केही सोच्न सकेन । ऊ यतिखेर रून पनि सकिरहेको थिएन । आफ्नो आँसु आफूभित्रै कताकता बगिरहेको, पोखिइरहेको जस्तो व्यथालाई उसले लगातार भोगिरह्यो ।

कर्फ्युको मौनता उसको मनभरि सर्‍यो र अन्ततः वसन्तीको मृत शरीरलाई एक्लै छाडेर ऊ बिस्तारै कर्फ्युग्रस्त बजारतिर लाग्यो ।

तीन

वास्तवमा वसन्तीको मृत्युको कारण शान्तिराजाको विजय जुलुस नै थियो । सोह्रसत्र जना एउटा टाँगामा । बिरामी वसन्ती र त्यत्रो बोझ ।

कलुवाले उसलाई ननकउकहाँ गएर वसन्तीको मृत्यु र त्यसको कारणबारे जानकारी दिने र शान्तिराजालाई सहयोग गर्न सिफारिस गरिदिने भन्ने कुरामा सल्लाह दियो ।

र सल्लाहअनुसार ऊ रित्तो र निरीह अनुहारसहित ननकउकहाँ गयो । ननकउले उसको कुरा सुन्यो र अनि हावामा उडायो ।

'गल्ती तेरै हो । घोडी बिरामी छ भन्ने थाहा हुँदाहुँदै जुलुसमा लैजानै नहुने । ब्याजको लोभमा साँवा पनि फुत्क्यो,' ननकउले सहानुभूतिको सट्टा उपदेश दियो ।

'फेरि तँ त राजिन्दरबाबुको मान्छे, उनैकाँ जा न !' ननकउले उसको मुटु नै छेडिने गरी व्यङ्ग्यबाण चलायो । ऊ रन्थनियो । ननकउलाई त्यहीँ जमिनमा गाडिदिऊँ जस्तो लाग्यो उसलाई । तर आफूभित्रको रिसलाई उसले आफैंभित्रै थन्क्यायो, उसले रिसाएर केही हुँदैन, कसैको केही बिग्रँदैन भनेर ।

ऊ चुपचाप आफ्नो घर फर्कियो । उही थोत्रो, भत्किन लागेको घर । एउटा खाट । पोस्टर । गिल्टीको भाँडा । र वसन्तीको बाँकी खुराक । उसलाई घरभित्र 'आफू' निकै निरीह लाग्यो । उसलाई आफूभित्र 'घर' निकै निरीह लाग्यो ।

ऊ राति पटकपटक झस्कियो । वसन्ती आफैंनेर भए जस्तो लाग्यो, बेलामा 'हिनहिनाए' जस्तो लाग्यो ।

यतिन्जेल ऊ रोएको थिएन । अतालिइरह्यो । छटपटिइरह्यो । के गरूँ र कसो गरूँ भइरह्यो । कलुवाकहाँ गयो । ननकउकहाँ गयो । कतिखेर रोओस् !

तर यतिखेर राति । मध्यरातमा, अँध्यारो कोठामा, आफ्नो चिसो ओछ्यानमा ऊ रोइरह्यो । निकै बेरसम्म रोइरह्यो ।

***

राजेन्द्रराज शर्मा वास्तवमै चिन्तित देखिए । स्वाभाविक पनि हो । केटाकेटीदेखि नै प्रेमललवा उनकै रेखदेखमा हुर्कियो । उनकै भनाइमा लाग्यो । टाँगा एसोसिएसनको मेम्बर पनि उनैले बनाइदिए ।

ऊ राजेन्द्रराज शर्माको चिर ऋणी थियो । त्यसैले उनका लागि जिउज्यान दिन पनि तयार थियो । राजेन्द्रराजका आफन्तलाई उसले 'फिरी'मा टाँगामा चढाइदिन्थ्यो, उनका लागि रूपैडिहाबाट सामान किनेर ल्याइदिन्थ्यो । अस्तिसम्म पनि गर्दै थियो ।

घोडाबिना प्रेमललवाको गुजारा चल्न सक्दैन भन्ने राजेन्द्रराजलाई थाहा छ । र घोडा दसबाह्र हजार घटीमा पाइँदैन भन्ने पनि थाहा छ । तर यति ठूलो रकम प्रेमललवाले कहाँबाट ल्याउँछ भन्ने राजेन्द्रराजलाई पनि थाहा छैन ।

राजेन्द्रराज यतिखेर आफूअगाडि रोइरहेको प्रेमललवालाई टीठलाग्दो किसिमले हेरिरहेछन् । र उसका लागि 'के गर्न सक्छु ?' वा 'के गर्न सकिन्छ ?' भनेर गम्दै छन् । राजेन्द्रराजको सौहार्दता नै हो कि उनी प्रेमललवाका बारे सोचिरहेछन् । नत्र प्रेमललवा जस्ताका बारे कसले के सोच्ने ?

'मालिक म त भोकै मर्ने भएँ,' प्रेमललवा रूँदै भनिरहेछ । हिजोअस्तिसम्मको निडर, साहसी, निर्भीक व्यक्तिलाई आज उसको आर्थिक हैसियत र असुरक्षाको भयले दयनीय बनाएको छ ।

'म एउटा चिठी लेखिदिन्छु । उनैकाँ जा, पक्कै सहयोग गर्छन्,' राजेन्द्रराजले कागज र कलम खोज्दै भने ।

उनले ख्यासख्यास केही लेखे । लेख्दा अनुहारमा निकै गम्भीर भाव बनाए ।

'उनी मन्त्री हुँदै छन् । पक्कै सहयोग गर्छन्,' चिठी पट्याउँदै राजेन्द्रराजले भने । उसले त्यो चिठी लियो ।

'आजै, अहिल्यै जा । नत्र भोलि काठमाडौं हिँडिसक्छन् ।' निरक्षर प्रेमललवाले कहाँ जाने, कसकाँ जाने भन्ने बुझेन । पटक्कै बुझेन । यतिन्जेलसम्म पनि बुझेन ।

'कहाँ जाऊँ, मालिक ?'

'शान्तिराजाकहाँ ।'

***

शान्तिराजाकहाँ हूल थियो । हिजोअस्तिसम्म शान्तिराजाका 'दिन गए' भन्नेहरू पनि शान्तिराजाको दरबारमा हाजिरी बजाइरहेका थिए । ननकउ पनि हूलमा थियो । सांसद भएपछि शान्तिराजाको अनुहारै अर्कै

भइसकेको छ । चुनावमा खट्दाखट्दा कालो भएको उनको अनुहार, दुईतीन दिनमै पूर्ववत् गोरो र चम्किलो देखिन थालेको छ ।

केही बेर त प्रेमललवालाई शान्तिराजालाई खोज्नै लाग्यो । उनी हूलमा कतै थिए । र चाकडीको स्वाद लिइरहेका थिए । ऊ हूललाई छिचोल्दै तीनचार पटक शान्तिराजा समक्ष पुग्यो र तीनचार पटक हूलकै तानातानमा बाहिरियो ।

प्रेमललवालाई सबैभन्दा ठूलो डर त आफ्नो हातमा रहेको राजेन्द्रराजको सिफारिसी पत्र खस्ला भन्ने नै थियो । उसलाई आफ्नो जीवनमरणको सम्बन्ध त्यही पत्रको व्यहोरामा टाँसिए जस्तो लागिरहेको थियो ।

राजेन्द्रराजले शान्तिराजाको नाममा पत्र लेखेर दिंदा ऊ एक पटक त झस्केको थियो । आफ्नै विरोधीलाई पत्र ? राजनीतिको बाङ्गो अर्थ र समीकरण नबुझ्ने उसले चुपचाप चिठी लिएको थियो र आँसु पुछ्दै बाहिरिएको थियो ।

र शान्तिराजाको दरबारमा आउँदा ऊ अलिकति निराश भयो । यत्रो हूलमा कसरी शान्तिराजाको हातमा चिठी दिने ? चिठी त जेनतेन देला अरे तर त्यो चिठी शान्तिराजाले पढ्लान् त ? यतिखेर यही एउटा कुराले पनि उसलाई निराश पारेको थियो ।

'बुझिस् ? शान्तिराजा मन्त्री हुने पक्का छ,' हूलमा यस्ताखाले कुरा प्रशस्त भइरहेका थिए । र मन्त्री भएपछि शान्तिराजाले कुन मन्त्रालय पाउँछन् र त्यस मन्त्रालयअन्तर्गत कुनकुन संस्थान, कुनकुन विभाग र कुनकुन अफिस पर्छन् भन्ने खालका छलफल पनि प्रशस्त भइरहेका थिए ।

'शान्तिराजाले जमानामा जेटिए पास गरेका छन्, पक्कै कृषिमन्त्री हुन्छन्' भन्ने ठोकुवा पनि भइरहेको थियो । र यी जम्मै चर्चापरिचर्चा भावहीन किसिमले प्रेमललवाले सुनिरहेको थियो । हूलभित्रका कुरा उसको मथिङ्गलमा पस्न सकिरहेका थिएनन् । ऊ आफ्नै तरङ्ग, आफ्नै सोच र आफ्नै चिन्तामा डुब्दै, उत्रँदै गरिरहेको थियो ।

अन्ततः राजेन्द्रराजले याक चुरोटको बट्टामा लेखिदिएको जिन्दगीको प्रश्नलाई आफ्नो मुट्ठीमा अत्यन्त सुरक्षासाथ थुनेर ऊ एक्कासि हूलबाट ठेलिएर झ्वाट्ट शान्तिराजाको अगाडि पुग्यो । र अनि उसले समय गुमाएन, मुट्ठीभित्रको चिठी एकै पटक शान्तिराजाको अगाडि तेर्स्यायो ।

शान्तिराजाले चिठी पढे । प्रेमललवा शान्तिराजाको नजिक पुगेको स्थितिलाई एकदमै सशङ्कित भएर जाँच्न ननकउ पनि त्यहीँनेर आइपुग्यो ।

'किन बे किन आइस् ?' ननकउले एकदमै बेसोमती र हेपाइको पाराले प्रेमललवासित सोध्यो । प्रेमललवाले केही जवाफ दिएन । तर पनि प्रेमललवाले शान्तिराजालाई चिठी दिएको कुरा ननकउले स्थिति अवलोकनबाटै थाहा पायो ।

'मालिक, यो प्रेमललवा, बिचराको घोडी अस्ति जुलुसमा ओभरलोडले मरिगई । गरिब मान्छी छ हजुर,' ननकउले भन्यो । प्रेमललवाले कहिल्यै नरूचाउने, हरामी, बेइमान र एक नम्बरको स्वार्थी भन्ठानेको ननकउले पनि खै, केकति कारण हो, प्रेमललवाका निम्ति त्यतिचाहिँ बोल्यो । ननकउले त्यति भन्ला भन्ने प्रेमललवाले त सपनामा पनि चिताएको थिएन ।

शान्तिराजाले गम्भीर भएर प्रेमललवालाई हेरे र भने, 'भोलि आइज !'

***

वसन्ती मरेपछि ऊ कुनै रात पनि निदाएको छैन । आजको रात पनि उसले त्यत्तिकै बिताइरहेछ । ऊ 'खटिया'मा पल्टिएर छानोतिर हेरिरहेछ र कट्कटिएको रातलाई नियालिरहेछ ।

शान्तिराजाको बोलीले उसलाई कताकता आश्वस्त गराए जस्तो भइरहेछ । कताकता जीवनप्रति फेरि आशा पलाए जस्तो भइरहेछ ।

ऊ बिहान सबेरै उठ्यो । 'मुर्गा' बोल्नुअघि नै । एकछिनमा हातमुख धोएर, कुल्ला गरेर कहिले अलिकति घाम देखिएला र शान्तिराजाको दरबारमा जाउँला भनेर पर्खिरह्यो । घाम झुलुक्क देखिनेबित्तिकै ऊ हतारहतार हिँडिहाल्यो ।

दरबारमा त ऊ आउनुअघि नै चहलपहल सुरू भइसकेछ । आफू ढिलो आएकोमा उसलाई निकै पछुतो पनि भयो । आँगनमा दुइटा जिप उभिएका थिए । थुप्रै चाकडीबाज यताउता गर्दै थिए । उसले ननकउलाई देखेन । उसलाई यतिखेर ननकउ भइदिए हुन्थ्यो जस्तो लाग्यो ।

'तेरो काम बन्यो बे ?' एउटा 'पहाडिया' केटाले आएर उसलाई सोध्यो, 'चिठी दिएको थिइस्, हैन ?'

प्रेमललवा केही बोलेन, खालि अलमलियो । फेरि त्यो 'पहाडिया' केटोसित कामको कुरो गर्नु, काम बनेनबनेको, भएनभएको कुरो गर्नु ठीक पनि लागेन उसलाई । त्यसैले

पहाडियाको प्रश्नको उसले जवाफ दिएन । पहाडिया आफ्नो बाटो लाग्यो ।

शान्तिराजा आँगनमा देखिए र देखिनेबित्तिकै हूलद्वारा घेरिए । ऊ पनि हूलमा मिसियो ।

'अबे, बाटो त छाड्' भन्दै शान्तिराजाको अत्यन्त नजिकको देखिने व्यक्तिले बाटो बनाउँदै करायो । र उसले बनाएको बाटोमा कोच्चिँदै शान्तिराजा जिपसम्म आए ।

शान्तिराजा जिपनेर पुगेको देखेर ऊ एकदमै अतालियो । भेट नहोला भन्ने डरले उसको मनमा झ्वाट्ट आक्रमण गर्‍यो ।

ऊ हत्तपत्त जिपनेर पुग्यो । शान्तिराजाले देख्ने गरी ठ्याक्क अगाडि उभियो । शान्तिराजाले देखे पनि । तर अरूहरूलाई देखेझैं अनुहारमा कुनै खास प्रतिक्रिया नदेखाएर उसलाई हेरे ।

'मालिक, हिजो ... चिठी ... राजिन्दरबाबुको,' उसले टुक्राटुक्रा शब्दमार्फत चिठीको कुरा, आफ्नो जिन्दगीको कुरा सम्झाउन खोज्यो ।

'कस्तो चिठी ?' शान्तिराजाले बिर्सिए ।

'मालिक, जुलुसमा ओभरलोडले घोडी मरेको ... ।'

'ए, हो त । राजेन्द्रबाबुले चिठी लेखेको थियो हैन ?' उनले सम्झिए ।

'हो हजुर, म त बर्बाद भैगएँ मालिक ।'

'के गरूँ त मैले ?' शान्तिराजाले सोधे । ऊ अलमलियो । पूरै अलमलियो । यस्तो गर्नुस्, उस्तो गर्नुस् के भन्ने ? उसले शान्तिराजाको तर्फबाट यस्तो प्रश्न आउला भन्ने सोचेकै थिएन ।

'घोडाको कति पर्छ ?' प्रेमललवाको उत्तर नपर्खिएरै शान्तिराजाले सोधे ।

'दसपन्ध्र हजार, इन्डियाबाट ल्याउनुपर्छ मालिक,' उसले एक सेकेन्ड पनि नगुमाईकन जवाफ दियो ।

'काठमाडौं आइज, दिलाइदिउँला ।' शान्तिराजाले यति भन्नुअघि नै जिप स्टार्ट भइसकेको थियो । प्रेमललवाको 'थप' कुरा नपर्खिएर जिप हिँड्यो ।

प्रेमललवा जिल्ल परेर आफू र शान्तिराजाको हुत्तिँदै गएको जिपको दूरीलाई हेरिरह्यो । दूरी झन्झन् बढ्दै गयो ।

यो घटनाको तेस्रो दिन शान्तिराजा मन्त्री भए ।

***

द्रौपदी अघिसम्म प्रेमललवालाई नै सोचेर बसिरहेकी थिई । तीनचार दिन भयो प्रेमललवा उसकहाँ नआएको । रक्सी बढी घिचेर बिरामी पो पर्‍यो कि भन्ने पनि उसले सोची । यस्तै बेहोराको सोचविचार गरिरहेकै बेलामा असइ विष्णु आयो र उसलाई गिजोल्न थाल्यो । 'साला, फिरीमा दिनुपर्छ, त्यो पनि दुखाइ सहेर,' उसले मनमनै विष्णुलाई गाली गरी ।

'विष्णुप्रसाद' आफू फटाफट नाङ्गियो र द्रौपदीमाथि पोखियो ।

विष्णु जानेबित्तिकै डिटोल पानीले गुप्ताङ्ग सफा गरेर उसले आफू र अस्तव्यस्त लुगालाई ठीक पारी ।

भित्र अर्को कोठामा कोच्चिएको, थच्चिएको द्रौपदीको बहिरो बाउले असइ आएको चाल पायो र फिरीमा माल

उडाएकोमा गइसकेको विष्णुलाई सराप्न थाल्यो । विष्णु त्यहाँ हुँदासम्म चुइँक्क बोल्दैन उसको बाउ । डराउँछ नि, त्यसैले ।

द्रौपदीले एकछिनपछि फेरि प्रेमललवालाई सम्झी । ऊ नआएकोमा मनमनै गाली गरी । उसलाई यतिखेरै प्रेमललवा टुप्लुक्क आइदिए हुन्थ्यो जस्तो लाग्यो । उसलाई आज प्रेमललवासित थुप्रै कुरा गर्न मन लागेको छ । आफ्नो बिग्रँदै गएको व्यापार, धान्न गाह्रो हुँदै गएको जिन्दगी, अलिकति माया, अलिकति प्रेमको कुरा गर्न मन लागेको छ ।

नभन्दै प्रेमललवा टुप्लुक्क आइपुग्यो । तर प्रेमललवालाई उसले पहिलेको जस्तो देखिन । एकदमै निराश, एकदमै हताश प्रेमललवालाई देखेर ऊ आत्तिई ।

'के भो तँलाई ?' उसले सोधी । प्रेमललवा धेरै बेरसम्म केही बोलेन । उसले पटकपटक सोधेपछि प्रेमललवा रून थाल्यो । र रूँदै, बिस्तारै जम्मै कुरा भन्यो ।

जम्मै कुरा सुनेपछि द्रौपदी पनि धेरै बेरसम्म बोल्न सकिन । सुँक्कसुँक्क गरेर रोइरहेको प्रेमललवालाई हेरिरही ।

'काठमाडौं जा न त ...,' धेरै बेरपछि द्रौपदीले भनी ।

'दुई सौ रूपैयाँ त टिकटै लाग्छ । आतेजाते चार सौ ।' उसले भर्खर बसपार्क गएर काठमाडौंसम्मको भाडा बुझेर आएको थियो । उसलाई चर्को टिकटदरले निराश पारेको थियो ।

अब ऊसित जम्माजम्मी पौने तीन सय रूपैयाँ बाँकी छ । यति रूपैयाँले त काठमाडौं 'अपेनडाउन' गर्न पनि पुग्दैन ।

काठमाडौं गएर मात्र पुगेन, पक्कै तीनचार दिन लाग्छ । तीनचार दिन खानुपर्‍यो, बस्नुपर्‍यो ।

'हजारबाह्र सय त लाग्छ,' तीव्र निराशाका साथ उसले हिसाब गर्‍यो । यति मोटो रकमको जोरजाम गर्नु एउटा 'विशाल' समस्या थियो ।

द्रौपदीलाई लाग्यो, ऊसित पैसा भइदिएको भए जम्मै प्रेमललवालाई दिने थिई । यतिखेर उसलाई प्रेमललवाको समस्या आफ्नै समस्या लागिरहेको थियो ।

'हामीलाई पनि निकै समस्या छ । कमाएको पैसाजति आमाको औषधिमा खर्च हुन्छ । पैसा नभएर सीतालाई जँचाउन पाएकी छैन । चारपाँच दिनदेखि जरोले लडेकी छे । बाउ भनाउँदो काम न काजको । अस्ति भन्दै थियो- यतातिर अब व्यापार छैन । दाङ जाऊँ । त्यतातिर अचेल खुब चल्दै छ रे,' द्रौपदी यति भनेर चुप लागी ।

प्रेमललवा र द्रौपदी केही समयका लागि मौन भए र आआफ्नो ठसठसी गन्हाइरहेको दुःखलाई आफैंले सुमसुम्याउन थाले । निकै लामो मौनताको पीडादायक स्थितिपछि प्रेमललवा उठ्यो ।

प्रेमललवा सँगसँगै द्रौपदी पनि ढोकासम्म आई । दुवै जना फेरि मौन भएर केही बेर ढोकामा उभिए । द्रौपदीले प्रेमललवाको अनुहारमा हेरी । प्रेमललवा यतिखेर उसलाई आफ्नो मान्छे जस्तो लाग्यो । एकदमै आफ्नो, धेरै नजिकको मान्छे जस्तो । आफ्नोपनको यस्तो अनुभूतिपछि द्रौपदी एक सेकेन्ड पनि अलमलिइन । आफ्नो कानको टप निकाली र प्रेमललवाको हातमा राखिदिई । प्रेमललवा जिल्ल पर्‍यो ।

आफ्नो हातमा परेको सुनको सानो चिटिक्क परेको टपलाई हेरिरह्यो ।

द्रौपदीले सिन्दूर मगाइन, पोते मगाइन, चुरा पनि मगाइन । भनी, 'पैसा उब्रियो भने रातो धागो ल्याइदिनू । उता राम्रो पाइन्छ रे ।'

***

हजारलाई दुई सय फेरि पनि पुगेन । उसले कलुवाकहाँ जाने विचार गऱ्यो ।

पोस्टर टाँस्दा भऱ्याङबाट लडेर हात भाँच्चिएको रहेछ कलुवाको । हात प्लास्टर गर्नमा तीन सौ खर्च भो भनेर उसकी स्वास्नी ठुस्स परेकी रै'छ ।

कलुवाको यो घर घसियारन टोलमा पर्छ । ऊ जातले पनि घसियारा नै हो । ऊ आफूले घसियाराको काम उहिले नै गर्न छाडे पनि उसकी स्वास्नी र आमा अझै यही काममा छन् ।

'भौजी, दुई सौजति उधार मिल्ला ?' उसले कलुवाकी स्वास्नीसित याचना गऱ्यो । कलुवाकी स्वास्नी छक्क परी । यति ठूलो रकम ऊसित आजसम्म कसैले सापटी मागेको छैन । दिनभर घाँस काटेर ल्यायो, बेच्दा पाँचसात रूपैयाँ मात्र हात पर्थ्यो । कलुवाको भर छैन । उसको कमाइ उसैलाई ठिक्क । घरखर्च आफैंले धान्नुपर्छ । यति जम्मै कुरा उसले प्रेमललवालाई भनिन तर लहरै जम्मै कुराहरू, व्यथाहरू, यथार्थहरू सम्झी ।

'भैया, त्यति पैसा त मसित कहाँ छ र ! हिन्दू र मुस्लिमको दङ्गा भएपछि हाम्रो घाँस बिक्री हुन

छाडेको छ । टाँगावाला हामीकहाँ आउँदैनन् । हामी हिन्दू ... । चार दिनदेखिको घाँस त्यसै पडिरहेछ । फेरि आजकल विक्रम टेम्पु चल्छ, टाँगा कम हुँदै छ ।'

हो पनि, सबैको आआफ्नो दुःख । प्रेमललवाले केही भन्न सकेन । पैसाका लागि कर गर्ने कुरा पनि भएन ।

तर कलुवा एकैछिनलाई बाहिर गएको मौका पारी भौजीले उसको हातमा पच्चीस रूपैयाँ राखिदिई र भनी, 'कलुवालाई नभन्नू ।'

कलुवा कोठामा फर्केर आएपछि भौजी बाहिर गई । यही मौकामा कलुवाले खल्तीबाट पच्चीस रूपैयाँ झिकेर प्रेमललवाको हातमा राखिदियो र भन्यो, 'भौजीलाई नभन्नू ।'

चार

काठमाडौं ।

चिसो काठमाडौं । पुसको महिना । सिमसिम पानी परिरहेको । यस्तो बेला काठमाडौंको हूलमा मिसिन प्रेमललवा बसबाट ओर्लियो र ल्याफल्याफ्ती भिजेको काठमाडौंमा मिसियो ।

ओर्लनेबित्तिकै एउटा चियापसलेसित पुल्चोक कता पर्छ भनी सोध्यो । चियापसले दस पाउन्ड दूध फाटेको रिसमा थियो । त्यसैले आफ्नो गुप्ताङ्गतिर देखाउँदै उसले भन्यो, 'यी याँ पर्छ मुला, मर्स्या ।'

प्रेमललवाले थप केही सोधेन । पहाडिया रिसाएको छ भन्ने थाहा पाइहाल्यो । अर्को पसलतिर लाग्यो र पुल्चोक जाने बाटो सोध्यो ।

मन्त्रीक्वार्टर पुल्चोकमा छ भनी राजेन्द्रराजले उसलाई सम्झाएका छन् । शान्तिराजा मन्त्री भएको कुरा पनि उसले राजेन्द्रराजबाटै थाहा पाएको थियो । त्यसैले आफू आउनुको उद्देश्य पूरा हुने कुरामा उसलाई बलियो विश्वास थियो । र यही विश्वाससहित यतिखेर ऊ पुल्चोकतिर लाग्दै छ ।

मन्त्री भएपछि दसबीस हजार जसलाई पनि दिन सकिन्छ भन्ने कुरा उसले सुनेको छ । दसबीस हजार

पाउनेहरूलाई पनि देखेको छ । पञ्चायतका पालामा ननकउले लौटनसिंह थारूको पछिपछि लागेर पक्की घर ठड्याएको कुरा पनि उसलाई थाहा छ । लौटनसिंह त्यतिखेर राष्ट्रिय पञ्चायतमा जितेर मन्त्री भएको थियो ।

चिसो निकै थियो । तर काठमाडौंको चिसोपन प्रेमललवाले भर्खरै मात्र अनुभव गऱ्यो । अघिसम्म त उसलाई चिसोतातोको अनुभव गर्नेसम्म पनि फुर्सद थिएन । आफ्नो भूत, भविष्य र वर्तमानबारे सोच्दासोच्दा ऊ फुर्सदहीन भएको थियो ।

र अहिले एकैछिनलाई उसले भूत पनि बिर्सियो, भविष्य पनि बिर्सियो । वर्तमान पनि बिर्सियो ।

एकछिन उसले आफूलाई पनि रित्तो पाऱ्यो र काठमाडौंको चिसो, काठमाडौंको व्यस्तता, काठमाडौंको चहलपहल, काठमाडौंको दौडधुपलाई अनुभव गऱ्यो ।

प्रेमललवा बाबागन्ज गएको छ । नानपारासम्म त टाँगा लिएरै गएको छ । दुईतीन पटक बहराइचसम्म गएको छ । तर काठमाडौं जत्रो ठूलो सहर देखेको, ठुल्ठूला घरहरू देखेको, राम्राराम्रा मोटरहरू देखेको यो नै पहिले पटक थियो, उसका लागि ।

ऊ पुल्चोकतिर हिँड्दै थियो, छिट्छिटो । बेलाबेला ऊ हूलमा पर्थ्यो र आफूलाई शान्तिराजाको दरबारको हूलमा परे जस्तो अनुभव गर्थ्यो । ऊ हूलमा पर्दा पुल्चोक आइपुग्यो कि भन्ने भ्रम पर्थ्यो ।

एकदुई पटक ऊ हूलमा अतालियो पनि । बाटो काट्दा झन् आत्तियो । कति पटक हिँड्न नजानेर मानिसहरूसित ठोक्कियो पनि । उसलाई बेलाबेला आफूले हिँड्न बिर्से

जस्तो पनि लाग्यो । चिल्लो सडकमा आफ्नो उपस्थिति अस्वाभाविक पनि लाग्यो उसलाई कति पटक । उसलाई काठमाडौंले माया नगरे जस्तो पनि लाग्यो । काठमाडौंले स्वीकार नगरे जस्तो पनि लाग्यो कति पटक । उसलाई कति पटक त नआउनुपर्ने ठाउँ आए जस्तो पनि लाग्यो ।

तर प्रेमललवालाई त काठमाडौंमा जसरी भए पनि आउनु नै थियो । शान्तिराजाले यहाँ आउनू भनेका थिए । रूपैयाँ दिलाइदिन्छु भनेका छन् ।

उसलाई घोडा किन्नु छ । टाँगा चलाउनु छ । र जिन्दगीको लामो यात्रामा संलग्न हुनु छ । उसले निश्चय गरेको छ- पैसा पाउनासाथ घोडा किन्छु र शान्तिराजाको तीन पुस्तालाई ओसार्छु ।

पुल्चोकलाई खोज्दाखोज्दा एकडेढ घन्टा त ऊ पुल्चोकमै हरायो । यतिन्जेल दस बजिसकेको थियो र पुल्चोकवरिपरिको व्यस्तता एकाएक अप्रत्याशित रूपले बढिरहेको थियो । अब उसलाई मन्त्री शान्तिराजाको क्वार्टर खोज्नु थियो ।

ऊ छिट्टै मन्त्रीक्वार्टर एरियाभित्र पुग्यो । त्यहाँ पुगेर उसलाई शान्तिराजाको क्वार्टर खोज्नलाई त्यति दुःख गर्नुपरेन र ऊ मन्त्री शान्तिराजाको प्राङ्गणभित्र प्रवेश गर्‍यो ।

आँगनमा र बरन्डामा केही व्यक्तिहरू थिए । अपरिचित व्यक्तिहरू । यी सबैले शान्तिराजालाई अर्थात् मन्त्रीज्यूलाई पर्खिरहेका थिए । पर्खिरहेका व्यक्तिहरू उसका लागि अनौठा पनि थिए । उनीहरू आफूआफूबीच, आआफ्ना समस्याबारे कुरा गरिरहेका थिए, जुन उसका लागि अनौठा थिए । उसको हैसियतभन्दा एकदमै माथिका समस्याहरू ।

धेरै बेरपछि मात्र उसले त्यहाँ उपस्थित ती व्यक्ति आफ्नै जिल्लाका हुन् भन्ने ठम्यायो । तीमध्ये कतिलाई त उसले देखेको पनि रहेछ । तर यहाँ काठमाडौंमा आएर तिनीहरू नचिनिने भएका थिए । सुकिला भएका थिए । तिनीहरू फेरिएका थिए । तिनीहरूको बोलीचाली फेरिएको थियो । तिनीहरूका समस्या फेरिएका थिए । मानिस यसरी फेरिन सक्छन् भन्ने उसलाई यसअघि थाहा थिएन ।

ऊ पुगेको एकैछिनमा ती मानिस एकाएक उठे र आपसमा सल्लाह गर्न थाले, 'मन्त्रीज्यू यता नआउने रे ! उता मिटिङबाट सोझै मन्त्रालय जानुभयो रे !'

र तिनीहरू पनि मन्त्रालयतिर लागे ।

प्रेमललवा एक्लियो र कता जाने होला भनेर अलमलियो । तर क्वार्टरको बूढो पाले (सत्ताको हेरफेर, मन्त्रीमण्डलको परिवर्तन, देशको विकास, योजनाहरूको निर्माणलाई लगातार हेरिरहेको, भोगिरहेको बूढो पाले)ले उसलाई मन्त्रालयको ठेगाना दियो ।

सिंहदरबार ।

***

सिंहदरबारभित्र दुई बजेसम्म प्रेमललवाले प्रवेश पाएन । लाचार भएर त्यतैतिर उद्देश्य नभएझैं उभिइरह्यो । त्यहाँ पनि सिंहदरबारभित्र प्रवेश गर्न चाहने मानिसको हूल थियो । हूलमा थरीथरीका मान्छे थिए । तर सबैका अनुहार समस्याग्रस्त देखिन्थे । सिफारिस, तोक र आदेशको खोजी गरिरहे जस्ता देखिन्थे ।

उसलाई भोक लागेको छैन । चिन्ता, पीर र भित्रभित्रको आफ्नै औडाहाले पोलिरहेकाले जाडो पनि लागिरहेको छैन । जाडो मानेर पनि के गर्नु ! आफ्नै जिउसित टाँसिएको एउटा कमिज, अँगौछा र पाइन्टबाटै गुजारा गर्नु छ उसलाई, जस्तै जाडो र जस्तै गर्मी भए पनि ।

चुरोट असाध्य पिउनुपर्ने मान्छे । काठमाडौंमा पैसा सिद्धिएला भन्ने पीरले उसले एक खिल्ली चुरोट पनि पिएको छैन । उसलाई त घरीघरी वसन्तीको सम्झना आउँथ्यो । आफ्नो रित्तो टाँगाको सम्झना आउँथ्यो । कलुवा, भौजी र द्रौपदीको सम्झना आउँथ्यो । अनि उसले आफ्नो भोक, प्यास, तलतल सबै बिर्सन्थ्यो । शान्तिराजा अर्थात् मन्त्रीज्यूबाट घोडा किन्ने पैसा लिनु छ भन्नेमै यतिखेर उसको ध्याउन्न छ । त्यसबाहेक यतिखेर उसको अर्को केही चाहना छैन, रहर छैन, सपना छैन ।

एकाएक त्यहाँ पुलिसहरू आए र सिंहदरबार गेट अगाडिबाट सबैलाई हटाउन थाले । उसले कुरो बुझेन । अटेर जस्तो गऱ्यो । एउटा हवल्दारले ठुल्ठूला आँखा देखाएर हकारेपछि ऊ लुरूक्क सिंहदरबार गेटबाट बाहिरियो र टाढा सडकपेटीमा उभियो ।

एकैछिनमा नारा लगाउँदै जुलुस आयो । जुलुसले पुलिसलाई जिस्क्याउन थाल्यो । पुलिसले जुलुसलाई तर्साउन थाल्यो । ब्यानरहरू, प्लेकार्डहरू, जिन्दावाद र मुर्दावादका नाराहरू । हल्ला यति तीव्र थियो कि यी हल्लाबीच ऊ बहिरो भयो र आफ्नै मनको आवाज पनि सुन्न नसक्ने भयो ।

एकैछिनमा अप्रत्याशित रूपले घम्साघम्सी सुरू भयो । भागाभाग र चर्को होहल्ला सुरू भयो । एक पटक नजिकै

आएर पुलिसले हिर्काउँला जस्तो गरेपछि ऊ पनि भाग्यो। उसको शरीर भागे पनि, उसले मनलाई त त्यहीँ सिंहदरबार गेटमै छाडेर आएको छ। उसले भाग्दाभाग्दै पनि फर्कीफर्की सिंहदरबारको गेटलाई हेरिरह्यो, पटकपटक।

तर धेरै बेरसम्म अगाडि जाने र पछि हट्ने क्रम चलेपछि उसलाई डर लाग्न थाल्यो। मन्त्रीज्यूसित भेट होला भन्ने कुरामा अविश्वास हुन थाल्यो।

अन्ततः तीनचार घण्टापछि, घाम डुब्न थालेपछि हूल हरायो, जुलुस हरायो, पुलिसहरू हराए अनि ऊ बिस्तारै सिंहदरबारभित्र पस्यो।

अफिस टाइम सिद्धिसकेको थियो। मन्त्रालय दिउँसोसम्म भरिभराउ हुँदो हो, अहिले सुनसान छ। ऊ भूतबङ्गला जस्तो मन्त्रालयको करिडोरमा ओहोरदोहोर गरिरह्यो। एकैछिनपछि एउटा पाले जस्तो मान्छे देखियो। प्रेमललवाले उसैसित मन्त्रीज्यूका बारेमा सोध्यो। र पालेले आउनेजाने समयको ठेगान नभएका, बोली, व्यवहार र सिद्धान्तको ठेगान नभएका मन्त्रीहरूलाई तथानाम गाली गर्‍यो। अनि मात्र उसको प्रश्नको जवाफ दियो, 'मन्त्रीज्यू यतिखेर बालुवाटारमा हुनुहुन्छ।'

***

बालुवाटारमा पनि हूल थियो।

शान्तिराजाको दरबारमा र यहाँ काठमाडौंमा आएपछि उसले बुझ्यो, राजनीति र हूलको निकै गहिरो सम्बन्ध रहेछ।

गए राति ऊ एउटा होटलको कमन रूममा पच्चीस रूपैयाँ तिरेर सुतेको थियो। त्यति महँगो सुताइ उसका

लागि पहिलो थियो । त्यसैले उसलाई रातभर निद्रा परेन । होटलवालाले उसलाई देखेर, हेपेर फोहोर सिरक र डसना भएको खाटमा बसायो । तर त्यही ओछ्यान उसलाई एकदम सफा र सुग्घर लाग्यो । आफ्नो शरीरको मयल ओछ्यानमा सर्ला भन्ने पीरलाई पनि उसले रातभरि बेहोरिरह्यो । त्यसैले यतिखेर बालुवाटारको प्रधानमन्त्रीनिवासको प्राङ्गणमा उसलाई निद्राले झ्यापझ्याप्ती सताइरहेछ ।

होटलमा आफ्नो ओछ्यानसँगै अर्को बेडमा सुतेका श्री निराकार प्रसादसित गए राति नै प्रेमललवाको परिचय भएको थियो । निराकारजी उसलाई निकै असल प्राणी लागे । उनले प्रेमललवासित आफन्तकै जस्तो व्यवहार गरे । परदेशको ठाउँ, निराकार जस्तो मान्छेले आफ्नो बारेमा सोधखोज गर्नुले उसलाई निकै प्रभावित पाऱ्यो ।

निराकारजीले आफूलाई लेखक भने । उसले बुझेन । खर्दार, मुखिया, सुब्बा, हाकिम जस्तै कुनै 'पद' ठान्यो । निराकारजीले कथा लेख्छु, नाटक लेख्छु पनि भने । उसले तमसुक, राजीनामा वा नामसारी जस्तै केही लेख्छन् भन्ने ठान्यो ।

'बुझिस् ? म तेरो बारेमा कथा लेख्छु,' निराकारजीले आफ्नो मगजमा 'थिम'को खाका तयार पार्दै भने । उसले कुरो नबुझे पनि जम्मै दुखेसो भन्यो । आफ्नो बारेमा, कलुवाको बारेमा, भौजीको बारेमा, ननकउको बारेमा उसले जानेजति जम्मै भन्यो । हिजोअस्तिदेखि कसैसित राम्ररी कुरा गर्न, बोल्न नपाएको प्रेमललवाले श्री निराकारजीसित धक फुकाएर बोल्यो ।

तर प्रेमललवाले द्रौपदीबारे केही पनि भनेन । द्रौपदीलाई ऊ आफ्नो मनभित्र राख्न चाहन्थ्यो । ऊ द्रौपदीलाई सार्वजनिक गर्न चाहँदैनथ्यो ।

'बुझिस्, हामी लेखक हौं । हामीलाई अरूको दुःखले, अरूको संवेदनाले छुन्छ ।' अहँ, निराकारजीको भनाइको छेउटुप्पो उसले केही थाहा पाएन । तैपनि निराकारजीले अलिअलि 'लगाएका' छन् भन्नेचाहिँ उसले एकैछिनको सङ्गतपछि नै थाहा पायो ।

जेहोस्, ऊ निराकारजीबाट प्रभावित भयो । र आफ्नो दुःखसुख भन्न मिल्ने नै मान्छे हो भन्ने ठम्यायो । उसले आफ्नो जम्मै दुःख भन्यो । थोत्रो घर । टाँगा । घोडीको मृत्यु । जुलुस । कर्फ्यु । दङ्गा । राजेन्द्रराज शर्मा । चुनाव । शान्तिराजाको विजय । उसले जम्मै भन्यो । आफ्ना पीडासित गाँसिएका यावत् प्रसङ्गहरू ।

'तँसित दस रूपैयाँ छ ?' निराकारजीलाई उसले सहर्ष दस रूपैयाँ दियो । उसले ठान्यो- बिहान फिर्ता गरिदिनेछन् । निराकारजी दस रूपैयाँ लिएर होटलबाट एकैछिनका लागि निस्किए र एकैछिनमा अलिक हल्लिँदै, ढुनमुनिँदै आए र भने, 'तेरो कथामा दम छ, प्रेमललवा ।'

'म तँलाई मद्दत गर्छु, प्रेमलाल,' भन्दै निराकारजीले फेरि बीस रूपैयाँ मागे । उसले फेरि दियो । उनी फेरि गए । फेरि अलिक बढी 'हल्लिँदै', 'लर्खराउँदै' आए र भने, 'तेरो कथामा दम छ, प्रेमलाल ।'

'म तँलाई मन्त्रीज्यूसित भेट गराइदिन्छु,' उनले भने । 'तँसित पचास रूपैयाँ छ ?' भनी मागे । उसले दियो । उनले

लिए । उनी गए, फेरि आए । अनियन्त्रित, अव्यवस्थित भएर आए । ओछ्यानमा ढले र बेहोसीकै स्थितिमा उनले भने, 'तेरो कथामा दम छ, प्रेमलाल ।'

तर बिहान कोठामा निराकारजी थिएनन् । ऊ आत्तियो । निराकारजीलाई खोज्यो । वास्तवमा उसको खोज निराकारजीको व्यक्तित्वको खोज थिएन, उनले लिएको उसको असी रूपैयाँको अस्तित्वको खोज थियो । ... तर उसको असी रूपैयाँ भेटिएन ।

त्यसैले रून्चे मुख लगाएर जे हुनु भयो, भइहाल्यो भन्ने पीडादायक भावलाई बलजफ्ती आफ्नो मनमा स्थापित गरेर प्रेमललवा बालुवाटार आइपुगेको थियो ।

ऊ हूलहरूमा पस्यो । विभिन्न हूलहरू र विभिन्न समूहहरूमा पस्यो । कति ठाउँमा, कतिलाई माथि उठाउने कुरा सुन्यो । कति ठाउँमा, कसैलाई तल झार्ने कुरा सुन्यो । उसलाई बालुवाटार चक्रव्यूह जस्तो पो लाग्यो । र बालुवाटारको चक्रव्यूहमा ऊ निकै बेर हरायो ।

तर अहँ, उसले आफ्नो मन्त्रीज्यूलाई भेटेन । मन्त्रीज्यू त यता आएकै रहेनछन् । कसैबाट उसले थाहा पायो- मन्त्रीज्यू यतिखेर पार्टी अफिसमा छन् ।

र अब पार्टी अफिसको खोज ।

***

पार्टी अफिसभित्र देशको भूत, भविष्य, वर्तमानबारे बहस भइरहेको थियो । तर 'देश'भन्दा बढी 'सत्ता', कुर्सी र षड्यन्त्रका कुराहरू ।

कार्यकर्ताहरू बाहिर बसेर निर्णयलाई पर्खिरहेका थिए। तर त्यो पर्खाइ खासमा पद, प्रतिष्ठा र पैसाको पर्खाइ जस्तो देखिइरहेको थियो।

पार्टी अफिस परिधिको एउटा कुनामा, घाम नपर्ने भएकाले उपेक्षित भएको कुनामा, ऊ ठिङ्ग उभियो र आफ्नो सुदिनलाई पर्खन थाल्यो। उसलाई स्पष्टतः थाहा छ, त्यो पर्खाइको समाप्ति मन्त्रीज्यूको दर्शनपश्चात् मात्रै सम्भव छ।

आफू उभिएकै कुनानेर उसले एउटा बूढो मान्छे पनि देख्यो। फाट्टफुट्ट एकदुई जनाले उसलाई नमस्कार पनि गरिरहेका थिए। त्यो बूढो निर्लिप्त भावमा नमस्कार फर्काइरहेको थियो।

एकछिनपछि त्यो बूढो प्रेमललवानेर आयो। 'चुरोट छ ?' बूढोले सोध्यो। उसले कति दिनदेखि चुरोट पिएकै भए पो ! 'छैन' भन्यो। बूढोले आफ्नो तलतललाई मिल्कायो क्यार ! त्यसपछि सोध्यो, 'यतातिर किन ?'

'मन्त्रीज्यूलाई भेट्नु छ।' उसले मन्त्रीज्यूको शुभनाम पनि भन्यो। उसको उत्तर सुनेर बूढो मनमनै हाँस्यो, खित्का छाडीछाडी। तर बाहिर अनुहारमा मुसुमुसु हाँसे जस्तो मात्र देखियो।

'मन्त्रीले तँलाई चिन्छ ?'

'खै, अलिअलि,' उसले जवाफ दियो।

'त्यसो भए जा, आजै घर फर्की। बित्थामा यो काठमाडौंको जाडोमा। जा, तेरो काम बन्दैन।' काठमाडौंमा भेटेको यही बूढो पहिलो व्यक्ति थियो, जसले उसलाई एकदमै हतोत्साही र निराश पार्‍यो।

'जा, बरू आफ्नै जिल्लामा जा । राजनीति गर् । आठदस वर्षमा तैं आफैं मन्त्री हुन्छस् । यहाँ आएर तँ जस्ताले मन्त्रीलाई भेट्नुभन्दा त्यै चाँडो हुन्छ ।'

बूढोले अनौठो कुरा गऱ्यो । यस्तो खालको कुरो त उसले कहिल्यै सोचेकै थिएन । ऊ मन्त्री हुने ?

व्यङ्ग्यले उसलाई भित्रभित्रै रून बाध्य गऱ्यो ।

त्यति भनेर सात सालको क्रान्तिमा तिघ्रामा गोली लागेको, सत्र सालमा देश छाडेर भागेको, छत्तीस र छयालीस सालमा जेलमा मरणासन्न हुने गरी पिटिएको त्यो बूढो खुट्टा खोच्याउँदै, दुईचार जनाको नमस्कार थाप्दै चुरोट खोज्न पार्टी अफिसबाट बाहिरियो ।

वास्तवमै, घण्टौं कुनामा बसेर कुरिरहँदा पनि उसले कतै मन्त्रीज्यूको झलकसम्म पनि पाएन । साँझ पर्न थाल्यो । पार्टीका सन्तुष्ट, असन्तुष्ट कार्यकर्ताहरू छाँटिन थाले । हूल पातलिँदै गयो । एकैछिनमा पार्टी अफिस रित्तो भयो ।

अनि एक्लो परेको प्रेमललवाले पार्टी अफिसका ढोकाहरूमा, कोठाहरूमा ताल्चा लगाउँदै गरेको एउटा ठिटोलाई सोध्यो ।

'मन्त्रीज्यू खै ?'

'अब यतिखेर मन्त्रीज्यूलाई कहाँ भेट हुन्छ ! दिउँसै मिटिङ सकेर गइसक्नुभो नि !' ठिटोले उसलाई पार्टी प्राङ्गणबाट निकाल्यो र गेटमा ताल्चा लगायो ।

उसले ताल्चालाई धेरै बेर हेरिरह्यो ।

***

उसले आफूसित भएको बाँकी रकम गन्यो । चार सय । ऊ आत्तियो । अझै ऊ आउनुको उद्देश्य पूरा भएको छैन र आफूसँग भएको पैसा सिद्धिन लागिसक्यो ।

उसले भविष्यलाई विचार गरेर दुई सय छुट्यायो र पट्याएर, गोल्याएर कट्टुको इँजारभित्र हुल्यो । उसले त्यो दुई सय ज्यान गए पनि नचलाउने निश्चय गऱ्यो । दुई सय बस भाडा ।

ऊ काठमाडौं आएको चार दिन भइसकेछ । यी चार दिनमा ऊ मन्त्रीक्वार्टर, सिंहदरबार, बालुवाटार र पार्टी अफिस धाउन अभ्यस्त भइसकेको छ । दुई रात होटलमा सुत्यो । एक रात बाटोमै भौंतारिएर बितायो । एक रात मन्त्रीक्वार्टरको बरन्डामा बितायो । र पनि उसले मन्त्रीज्यूलाई भेट्न सकेन । यी चार दिनमा उसले तीन छाक खाना खायो । तीन कप चिया खायो । तीन खुराक पेट दुखेको औषधि खायो । तीन कप चिया खायो । तीन पटक चुँडिएको चप्पल सिलायो ।

अहिले ऊ मन्त्रीनिवासको आँगनमा मन्त्रीज्यूलाई कुरिरहेछ । र मन्त्रीज्यू दौरासुरूवाल, कोट, टोपीमा मन्त्रीमय भएर निस्कनुभयो । धाउँदाधाउँदा हत्तु भइसकेको प्रेमललवाले यो मौका नगुमाउने सोच्यो र एकदमै हुत्तिएर, 'बेसोमति पारा'झैं देखिने गरी मन्त्रीज्यूको बाटो छेकेर उभियो । 'हजुर माईबाप सरकार, चार दिन भइसक्यो ...' भन्दाभन्दै प्रसङ्ग छाडेर ऊ सोझै विषयवस्तुमै आयो । 'उहाँ हजुरको जुलुसमा मेरो घोडी मरेको । हजुरले काठमाडौं बोलाउनुभएको सरकार, माईबाप ।'

ऊ हात जोडेर उभियो ।

'ए, बुझेंबुझें ... पिए ...,' उनले आलाप दिएझैं पिएलाई बोलाए ।

'योसित कुरा गर्ने,' उनले प्रेमललवालाई पिएतिर देखाए र आफू अरू केही नसुनेझैं फटाफट निस्किए, बजेट भाषण सुन्न । सदनतिर ।

पिए महाशयले उसको समस्या, पीडाव्यथा एकदमै ध्यानसित सुने । विजय जुलुस, ओभरलोड, वसन्तीको मृत्यु ।

त्यसपछि पिएले उसको समस्याको विश्लेषण गरे । टाँगावाला, यातायात व्यवसायी, टाँगा एसोसिएसनको मेम्बर !

विश्लेषणपश्चात् भने, 'हेर् भाइ, तँ टाँगावाला रैछस् । यातायात व्यवसायसित संलग्न मान्छे । त्यसैले हामी केही गर्न सक्दैनौं । म एउटा चिठी लेखिदिन्छु, यातायातमन्त्रीलाई भेट् ।'

पिएले अत्यासले निलोकालो भएको प्रेमललवाको अनुहारतिर हेर्दै नहेरी एउटा चिठी लेख्यो । राजेन्द्रराज शर्माले जस्तै । चुरोटको बट्टामा ।

***

यातायातमन्त्री क्रुद्ध थिए । उनी सञ्चारमन्त्री हुन चाहन्थे । किनभने उनलाई सञ्चार क्षेत्रको गहिरो ज्ञान थियो । उनी एकताका टेलिफोन अपरेटर थिए । भ्रष्टाचार लाग्यो । व्यापारीहरूसित मिलेर उनीहरूको ट्रङ्कल बिलमा 'घपला' गरेको आरोप लाग्यो र भविष्यमा सरकारी सेवामा 'अयोग्य नठहरिने' गरी जागिरबाट बर्खास्त गरिए ।

त्यसपछि उनले दाह्री पाले । दाह्रीसहित राजनीतिमा लाग्ने निश्चय गरे । उनले जे गरे मौकामा गरे, र त मन्त्री भए । तर आफ्नो 'ज्ञान'को सदुपयोग गर्ने मन्त्रालय नपाएकाले उनी प्रधानमन्त्रीसित क्रुद्ध थिए ।

यातायातमन्त्री शान्तिराजासित पनि क्रुद्ध थिए । एउटै पार्टीका थिए । पहिला 'लबी' पनि एउटै थियो । तर अस्ति भर्खर शान्तिराजाको मन्त्रालयको ड्राइभरले उनकी दिदीकी छोरी (भान्जी)लाई भगाएपछि दुवैमा तीव्र मतभेद उत्पन्न भयो । त्यो मतभेद पार्टीभरि फैलियो । मतभेद यति तीव्र भयो कि झन्डै सरकार पतन भइसकेको थियो र मध्यावधिको तयारी गर्नुपरेको थियो । तर ड्राइभर इमानदार थियो । देशप्रेमी थियो । मध्यावधि चुनाव रोक्न उसले आफ्नो प्रेमको बलिदान दियो । यातायातमन्त्रीकी भान्जीलाई यातायात मन्त्रालयमै पुऱ्याइदियो, चार दिनपछि । सकुशल ।

त्यसैले यातायातमन्त्रीको पिएले आफ्नो हातमा शान्तिराजाको पिएको चिठी परेपछि उपर्युक्त जम्मै कुरा सम्झ्यो । आफ्नो मन्त्रीबाट यो कुरा 'हुनै सक्दैन' भन्ने उसलाई पक्का थाहा थियो । र त उसले प्रेमललवालाई केही गर्न सकेन । त्यसैले बडो दुःखका साथ उसले 'जय नेपाल' मात्र भन्यो । यति भनेर देश र जनताप्रतिको गहन उत्तरदायित्व आफूले पूरा गरेको भन्ठान्यो उसले ।

काठमाडौंको पाँचदिने बसाइमा प्रेमललवा छिन्नभिन्न भयो । ऊभित्रको आशा र विश्वास मृतप्रायः भयो । दुब्लायो पनि प्रेमललवा । एउटा पसलअगाडि पुग्दा ऐनामा उसले झन्डै आफैंलाई नचिनेको !

लुगा पनि लाउनै नहुने गरी मैलो भइसकेको थियो । कमिजको बाहुला झन् मैलो थियो । राति एकान्तमा रूँदा कमिजकै बाहुलाले आँसु पुछ्थ्यो नि, त्यसैले मैलो थियो । चप्पल उसले लगाउनै छाड्यो। जाडोले उसको छाती दुख्न थाल्यो । मन पनि त दुखिरहेको थियो ।

काठमाडौं बसेर अब हुँदैन। ऊ साह्रै निराश भइसकेको थियो ।

अब शान्तिराजाको पछाडि लाग्नुको कुनै औचित्य थिएन । पुल्चोक, सिंहदरबार, बालुवाटार, पार्टी अफिस धाउनुको कुनै अर्थ थिएन ।

ऊ बसपार्क आयो । टिकट काट्यो । पैसा पनि सिद्धियो । रित्तो भयो प्रेमललवा, खल्तीले पनि, आस्था र विश्वासले पनि । एकदमै रित्तो ।

र बस रित्तो मान्छेलाई बोकेर हिँड्यो ।

पाँच

अब घोडा कसरी किन्ने ?

टाँगा कसरी चलाउने ?

जीवन गुजारा कसरी गर्ने ?

प्रश्नहरूसहित प्रश्नहरूका ठुल्ठूला भारीहरूबाट थिच्चिएर धम्बोझीमा ऊ ओर्लियो, बसबाट ।

उसले थुप्रै टाँगा देख्यो, टाँगावालहरू देख्यो । सबैले उसलाई उसको कुशलमङ्गल सोधिरहेका थिए । तर प्रेमललवाको मन एकतमासको भएको थियो । त्यसैले उसले कसैलाई पनि देखेन, कसैलाई पनि सुनेन ।

'के ल्याइस् बे काठमाडौंबाट ?' टाँगावाल असलमले सोध्यो । प्रेमललवाले उत्तर दिएन । के भनोस् उसले ! प्रश्नहरू ल्याएको छु, प्रश्नहरूको भारी बोकेर ल्याएको छु भन्ने खालका कुरा ऊ कहाँ बोल्न सक्थ्यो र ! त्यसैले चुप लाग्यो र लुरूलुरू हिँड्दै कोरियनपुरवा आइपुग्यो ।

घरअगाडि तेर्स्याएको टाँगा देखेन उसले । घरलाई हेऱ्यो । घर पनि सिङ्गो र साबुत थिएन । लथालिङ्ग । भद्रगोल । ऊ स्तब्ध भयो । छक्क पऱ्यो ।

एउटी बूढी, जसलाई गाउँका पहाडियाहरू महारिन बुआ भन्थे, प्रेमललवानेर लट्ठी टेक्दै आई र भनी, 'प्रेमललवा,

तेरो कर्ममा त आगै लागेको रै'छ । अस्ति राति तेरो टाँगा चोरी भो । त्यै रात पानी पनि खुब जोरले परेको थियो । घर पनि भत्क्यो । अब के गर्छस् ?'

के गर्ने अब ?

'रून्छु । कहालिन्छु । छाती पिट्छु । अरू के गर्न सक्छु, अम्मा ?'

आफूभित्रको भक्कानोको विशाल छाललाई उसले थामेर यतिसम्म भन्न सक्यो ।

तर ऊ रून पनि सकेन । हाँस्न पनि सकेन । हिँड्न पनि सकेन । भागेर कतै जान पनि सकेन । कहालिएर चिच्याउन पनि सकेन । ऊ थचक्क भुइँमा बस्यो र भत्किएको आफ्नो घरलाई हेरिरह्यो ।

***

कलुवाले प्रेमललवा आएको कुरा असलमबाटै थाहा पायो । 'मरते दम तक'को अन्तिम पोस्टर टाँसिसकेपछि माड लागेको हात राम्ररी नधोईकनै ऊ हान्निँदै प्रेमललवाकहाँ आयो ।

प्रेमललवा अझै जमिनमै थियो । भुइँको मान्छे भुइँमै थियो । ऊ अझै वाल्ल थियो । कलुवा ऊनेर आयो ।

'के गर्ने, साला भगवान्लाई यही मन्जुर रै'छ,' कलुवाले उसलाई थुमथुम्यायो ।

प्रेमललवाले धेरै बेरसम्म आफूलाई सम्हालेको थियो । तर त्यसपछि सकेन । ऊ कलुवालाई छाँद हालेर भक्कानो छाडेर रून थाल्यो ।

सारा 'मुहल्ला' एकत्रित भयो । उनीहरूले आज पहिलोपल्ट प्रेमललवालाई रोएको देखेका थिए ।

कलुवा, महारिन बुआ, खेलावन भैया र मुहल्लाका सबैले उसलाई सम्झाए । नरोऊ भने । कलुवाले उसको पाखुरा समाएर उठायो र भन्यो, 'हिँड्, मेरो घर हिँड् ।'

प्रेमललवा कलुवाको आश्रयमा आइपुग्यो । कलुवाले उसलाई कर गरेर भात खान दियो । भौजीले निकै बेर सम्झाई ।

प्रेमललवाले धेरै बोलेन । काठमाडौंमा काम बनेन भन्ने कुरा कलुवाले प्रेमललवाको अनुहारबाटै थाहा पायो । त्यसैले त्यसबारे केही सोधेन ।

जिन्दगी त जिन्दगी नै हो । फेरि पनि बाँच्नु त छ नै । यो यथार्थलाई प्रेमललवाले आफ्नै किसिमले बुझ्यो ।

***

पानीले ढलेको घरबाट दिलाहाहरू, पटराहरू, खम्बाहरू चोरी भइसकेका थिए । अब उसलाई ती चिजको मोह पनि थिएन । चोरले नलगेका गिल्टीका भाँडाहरू, खाट र एउटा थोत्रो बक्सा खेलावन भैयाले आफ्नो घरमा राखिदिएको रै'छ ।

उसले बक्सा खोल्यो । लालपुर्जा झिक्यो, आधा कट्ठा जग्गाको लालपुर्जा ।

***

लालपुर्जा
र प्रेमललवा ।

राजेन्द्रराज शर्मा दुवै देखेर छक्क परे । उनले प्रेमललवासित 'काठमाडौंमा काम बन्यो ?' भनेर सोधेनन् किनभने उनलाई थाहा छ, काम बन्दैन । प्रेमललवाले पनि केही भनेन । टाँगा चोरी भएको, घर भत्केको केही पनि भनेन । उसले भन्नुपर्ने आवश्यकतै देखेन ।

राजेन्द्रराज फेरि शिलाबाबुसित मिलेछन् ।

'शिलाबाबुलाई पार्टीको वडा कमिटीका लागि जग्गा चाहिएको छ । तेरै मिलाइदिन्छु,' राजेन्द्रराज शर्माले यति भने । यति त भन्छन् भन्ने उसलाई विश्वास थियो । घरखेत उठाउने कुरामा राजेन्द्रराज खप्पिस छन् भन्ने उसले बुझिसकेको थियो ।

'हेर् प्रेमललवा, कुरा भन्या सफा, माथि पार्टीबाट नब्बे हजार आएको छ । कागज नब्बेकै बन्छ । तीस तँलाई, तीस मलाई र तीस शिलाबाबुलाई ।'

अनि धेरै अघि नै उनले बोल्नुपर्ने वाक्य अहिले बोले, 'फोकटको राजनीति कहाँ हुन्छ ?'

***

नब्बे हजारको कागज तयार भयो ।

उसको हातमा तीस हजार पर्‍यो । यो पीडा त प्रेमललवालाई नै थाहा छ कि गर्ज नपरेको भए उसले यो जग्गा साठी हजारमा पनि बेच्ने थिएन ।

त्यसपछि उसले दस हजारमा आधा कट्ठा जग्गा कोरियनपुरवाभन्दा धेरै टाढाको गाउँ परसपुरमा किन्यो । टाँगा किन्यो । घोडा पनि किन्यो ।

टाँगा र घोडा किनेपछि प्रेमललवाले दुधियाको बोतल पनि किन्यो ।

राति रक्सीले मातेपछि कलुवाले उसलाई भन्यो, 'प्रेमललवा, नरिसा । म एउटा कुरा भन्छु, है ?' प्रेमललवा रिसाउने मुडमै थिएन ।

'अस्ति आठदस दिनअघि म सवितरीकहाँ गएको थिएँ । ऊ भेट भइन । मनमा बेइमानी पलायो । अनि म दरौपदीकहाँ गएँ ।'

कलुवा एकछिनलाई रोकियो । प्रेमललवा रिसायो कि भनेर उसले अनुहारमा हेऱ्यो ।

'तर बाइगड, मैले दरौपदीलाई छोइनँ । उसले 'भैया' भनी अनि छुनै सकिनँ । मलाई देखेर ऊ रोई ।'

प्रेमललवाले घुटुक्क रक्सी निल्यो र मुख बिगाऱ्यो ।

'दरौपदीकी आमा सिफलिसले मरिछ । सीता पनि बिरामी रहिछ । व्यापार चौपट रहेछ । उसको बाउले त सीतालाई पनि धन्धामा लगाउने विचार गरेको छ रे !'

प्रेमललवाले फेरि घुटुक्क रक्सी निल्यो । मुख बिगाऱ्यो ।

'तेरो खुब नाम लिन्छे ।' बस् यति भनेपछि कलुवाले केही पनि भनेन । रक्सी पिउन थाल्यो ।

उनीहरूको कोठामा बत्ती थिएन । अँध्यारो थियो ।

***

भोलिपल्ट कलुवा र प्रेमललवा सिनेमा हेर्न गए, नाइट सो । सिनेमा हेरून्जेल पनि प्रेमललवा गम्भीर भइरह्यो ।

एक शब्द पनि बोलेन। भित्र, धेरै भित्र, प्रेमललवा आफैँसित वार्तालापमा व्यस्त भए जस्तो लाग्यो कलुवालाई ।

सिनेमा सिद्धिएपछि दुवै बाहिर निस्किए । प्रेमललवा अझै केही बोलिरहेको थिएन ।

प्रेमललवाको अनुहारमा कताकता एउटा दृढ निश्चय जस्तो भाव पलाएको कलुवाले प्रस्ट थाहा पायो। प्रेमललवामा कलुवाले झन् अस्ति आफ्नो भत्केको घरतिर हेर्दै रोइरहेको, निराश, हताश प्रेमललवालाई देखिरहेको छैन ।

प्रेमललवालाई के भइरहेछ, उसको मन अन्तर्मनमा के भइरहेछ कलुवाले के बुझोस् ! साँचो कुरा प्रेमललवा स्वयम्लाई नै आफूभित्र के भइरहेछ भन्ने ठीकठीक थाहा हुन सकिरहेको छैन। र प्रेमललवा त्यही बुझ्न खोजिरहेछ। आफूभित्र के भइरहेछ भन्ने बुझ्न खोजिरहेछ ।

निकै बिस्तारै हिँडिरहेछ प्रेमललवा । सँगै भएकाले कलुवालाई पनि बिस्तारै हिँड्नुपरिरहेछ । सिनेमा हेरेर फर्केका मान्छेहरू आआफ्ना घरमै पनि पुगिसके। तर कलुवा र प्रेमललवा बाटैमा छन् । बाटो, कलुवा र प्रेमललवा !

दृश्य यस्तो देखिइरहेछ, दुवै जिन्दगी हिँडिरहेछन् । बाटो जिन्दगी भएको छ। र तिनीहरू जिन्दगी छिचोलिरहेछन्।

बाटोमा उसले ट्रकले किचिंएर मरेको आफ्नो बाउलाई सम्झ्यो । सबैले उसलाई बुधे भन्थे । असाध्य सोझो । गौप्राणी । उसलाई त बाबुको धमिलो सम्झना मात्र छ । आफ्नो बाबुले बिरहा गाएको, दर्जनौं लोकगाथा गाएको, सुनेको छ उसले। र ती ध्वनि पनि अब मधुरोमधुरो क्षीण भएर जाँदै छन्, उसको स्मृतिबाट ।

बुधेको बाजेबराजु नै यो ठाउँमा आएर बसेका हुन् । राणाहरूको टाइममा बसालिएको थियो रे उनीहरूलाई । बुधेले कहिलेकाहीँ आफूलाई भनेको त उसलाई पनि सम्झना छ, 'बेटा, हाम्रो घर त मेन बजारमा थियो ।'

त्यतिखेर पाँचछ वर्षको उमेरमा, 'त्यसो भए हामी सुर्खेतरोडको घरमा चाहिँ कसरी आइपुग्यौं त ?' भनेर सोध्न के सक्थ्यो प्रेमललवा !

तर यतिखेर बाटोमा उसले थाहा पायो- यहाँ, आफ्नो वरिपरि केही त छ, जसले ऊ जस्तालाई निरन्तर पछाडिपछाडि धकेल्दै छ । मेनरोडबाट सुर्खेतरोड, सुर्खेतरोडबाट कोरियनपुरवा, कोरियनपुरवाबाट परसपुर । म र म जस्ताहरू सधैं धकेलिन्छन् ।

आज उसको मनमा यति तीतो, यति तीखो, यति गह्रौं र यति गहिरो कुरा कसरी पस्यो ? कसरी पस्यो ??

प्रेमललवाले केही निश्चय गरेको छ । अबदेखि उसले राजेन्द्रराज र उसको परिवारलाई 'फिरी'मा टाँगामा बसाउनेछैन । शान्तिराजा जस्ताको बोझलाई, ओभरलोडलाई टाँगामा स्विकार्नेछैन । र टाँगालाई उलार हुन दिनेछैन ।

र एउटा काम त उसले गर्नै बाँकी छ । त्यही गर्न त ऊ जाँदै छ ।

'साला, कसले के भन्ने ? उसैलाई ल्याउँछु' भन्ने दृढ निश्चयसाथ ऊ जाँदै छ, भगवान् तलौवातिर ।

'हदै भए बिरादरीमा हुक्कापानी बन्द होला । साला, पछि सबैलाई बोलाएर रक्सी र मासु खुवाइदिएपछि सब ठीक । त्यसपछि कसले के भन्ने ?' तीन सयको रक्सी,

तीन सयको मासु । कुल सात सयजति भोजकै लागि छुट्याएको छ उसले ।

ऊ द्रौपदीको आँगन पुग्यो । एकछिन रोकियो र खुरूखुरू ढोकासम्म गयो । गला सफा गऱ्यो । खोक्यो ।

त्यसपछि अलिकति माया, अलिकति अधिकार र अलिकति आग्रहसहित प्रेमललवा जोडले करायो- 'दरौपदीऽऽ !'

www.ingramcontent.com/pod-product-compliance
Lightning Source LLC
LaVergne TN
LVHW050329160826
845677LV00014B/3567

* 9 7 8 9 9 3 7 7 4 6 2 4 3 *